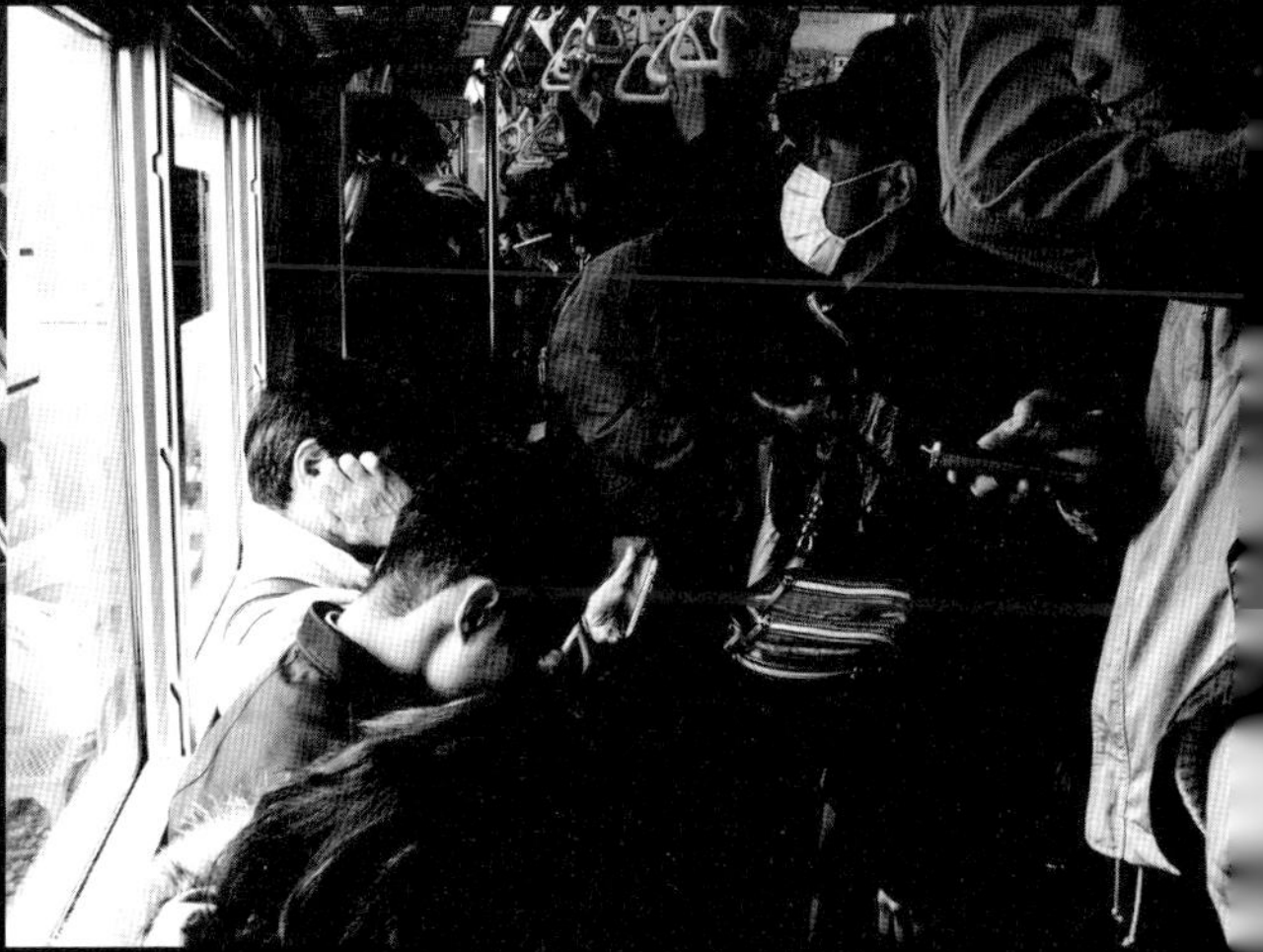

現代ニッポン詩(うた)日記

四元康祐
Yotsumoto Yasuhiro

澪標

現代ニッポン詩(うた)日記

目次

Part 1

声の曲馬団

Part 2

現代ニッポン詩（うた）日記

Part 3

家族の風景

装幀　森本良成

Part 1 声の曲馬団

夜のコンビニ

あんたが間抜け面でおにぎり漁ってるとき
あたしはここで見張っているのさ
南の島の女たちのように
大地に尻をつけて
魔除けの化粧を顔中に塗りたくって

あんたなんにも気づいてないだろう
あいててよかったって喜んでるだけだろう
教えてやろうか、レジの子が
さっき話していたマニュアル言葉は
実は呪文

あんたに呪いをかけたんじゃない
砂嵐か巨大隕石かゾンビか知らないけど
なにかがこっちへ近づいてくる
未来は籠の中のお姫様みたいに怯えているだけ
文明なんか役に立たない

いつかここにも篝火が焚かれるだろう
便利さはすべて失われるだろう
飢えと寒さのなかで
あたしたちは初めて見つめるだろう
傷だらけの互いの素顔を

（2004.2.3）

男たち

ごらん、あそこに男がいるだろう
淋しそうに風に吹かれて
騙されちゃだめだよ
やつらはいつも群れているのさ
ひとりきりのときだって

肩を組む男たち
牙を剥いて吠え騒ぐ男たち
建てる男たち壊す男たち数える男たちが
星じゅうにうじゃうじゃしている

おまえを見つめるとき
あいつらの目に映っているのは
奪うべき美だったり崇めるべき真だったり
おまえではない遠くのもの
神は細部にこそ宿りたまうだなんて
所詮口先だけさ

それでもおまえはゆくだろうよ
鳥や獣の優しさには及ばないけれど
機械よりはましな笑顔のもとへ、裸足で
そして授かるだろう
ぴっかぴかの男の赤ん坊を

（未発表）

春の河原

部屋の隅で息子が泣いている
可哀相になって撫でてやろうとしたら
怯えてさっと身をひいたので
もう一度殴った

拳のにぶい痛みが
身体の奥にゴミのように積もってゆく
遠くから別の誰かが懇願している
思い出してください　はじめてこの子を
抱きあげた朝　腕先からまるで祈りのように
心へとこぼれたあの思いがけぬ軽さを
その声をききたくなくて罵った

かがみこむ鬼の背中が姿見に映っている
床に組み敷かれているのは　わたし
振り返った顔もわたし
わたしがわたしを緩慢な動作で打ちつづける

いつの間にか息子はベランダに寄りかかって
眼下に広がる春の河原を眺めている
遠くの誰かは泣きじゃくるだけ
でももう遅すぎる
華奢なうなじはついに声をあげない

（2004.2.10）

砂漠へ

もういいよ
もう平和はいいよ
みてくれよ、この俺の有様
ぎりぎりなんだよもう

あんただってそう思ってるだろう
床下の白蟻みたいに
平和が自分を蝕んでゆくって
耳と鼻と口の穴に真綿を押し込まれて
筵で巻かれたみたいだって

お願いだから正直に言ってくれよ
そうすればきっと
ほんの少し風が吹き込む
黙ってたら　いつかみんなで群れをなして
見境なく走りはじめるだろう

一人一人の心のなかに
しずまりかえった砂漠がかくれている
派遣してくれよたったひとりで
戦わせてくれ　俺を
俺だけの空と
素手で

（2004.2.17）

胸のなかの蝶

突然風が吹いてわたしは宙に舞った
世界が捻じ曲がっていた
さっきまで携帯でお喋りしていたおばさんが
土埃と鮮血にまみれて泣き喚いていた
巻毛の男の子はうつ伏せのまま動かなかった
サイレンがいくつも同時に近づいてくる
兵士たちが叫びながら走り過ぎる
冷たい水の底からわたしはそれを見ていた
「外傷はなし。だが肺と肝臓が破裂している」
若い医師が担架のわたしの胸を覗き込んで
怒ったように呟いた
わたしは知っていた　生まれたときから
からだの奥に蝶が隠れていて
たったいまそれが目を覚ましたのだと
頭の上でヘリコプターが旋回を繰り返している
裸の胸のなかで蝶が翅をのばす
すると静けさが溢れだす
このしじまに耳を澄ましさえしたなら
憎しみは萎えただろう愛する勇気とともに
粉々のガラスが道路一面に輝いている
お母さん！　お母さん！
ものすごく巨きい青い淵が近づいてくる
そして蝶が舞いあがった

（未発表）

朝のキャラバン

男の人がわたしをさわる
おずおずと　物乞いが扉を叩くように
それから上目遣いに顔を盗み見る
髪の毛をきちんと梳かして
色が白くて頬っぺたに大きな黒子がある
振り払って睨みつけると
その人の手と心がサッと遠ざかって
死んだふりをしている　磯辺の蟹みたい

小学生のころ外国から来た父さんの友達と
何日か山を歩いた
言葉は通じなかったけれど　一緒に歌った
手をつないで尾根をわたった
外国に帰る日その人はみんなを抱きしめた
大きな胸にぎゅっと押しつけられると
自分がスポンジになったみたいに
涙が溢れてびっくりした

電車が駅に着いた
みんな互いから一目散に離れてゆく
もしもここが砂漠だったら
一列に駱駝を連ねてオアシスを目指せたのに
その人もお尻に繋いで

（2004.2.24）

おおきな絵

どこまでもつづく壁のうえに
だれかがおおきな絵をかいています
よぞらにまたたく星のひかりと
まひるの海でとびはねるイルカたち
いっぽんの木のしたで
たがいの顔をみつめあうふたりのひと
わたしはずんずん壁のまえをあるいてゆきます
あれくるう海のそこをわたり
しずまりかえった砂ばくをよこぎり
こめつぶみたいにちいさな旅びとをおいこして
くもをついてそびえたつ塔
まちをうめる兵たいのあしおと
じめんによこたわったおおぜいの赤んぼう
わたしは走りだします
ぐにゃぐにゃにとけた時計のなかの
母さんににたほほえみ
おもたい石をはこぶとうさん
びっしりとかきこまれた屋根のむこうに
けれどもう絵はありません
まっしろなかべに影をおとして
ひとりの人がたっているだけ
そのひとの手をとって　わたしは
すずしい木陰のなかへはいってゆきます

（未発表）

名もなき乳房

雑誌のフロクにフクロだなんて
昔の子供向け雑誌みたいじゃないか
だが袋から現れるのは一糸纏わぬ女の裸だ

壮烈な競争、旨いラーメン、賢い蓄財
毎週相も変らぬ見出しを従えて
表紙の娘がつぶらな瞳でこっちを見ている

誤解しないでくれよ、この歳になって
裸が見たいわけじゃあないんだ
おれはただ
目を背けているだけさ

詩や小説に書いてあることはいつもひとつ
人は老いて死ぬってことだろう
そんなことはとっくに分かっているんだ

妻の顔に刻まれてゆく皺と鬱屈
ベッドの上で無言のまま干からびてゆく父親
日々の荒野から逃れるすべはないから
おれは目を背けているのさ
袋からこぼれおちる名もなき乳房
その残酷な白さに

（2004.3.2）

チャートの懸命

折れ線グラフが
集合的に形成された期待値に向かって
じりじりとにじり寄る
小刻みに動くその先端を見ていると
眩暈がしそうだ
不気味な上昇をつづけるこの星の平均気温
ドル相場１０５円台の熾烈な攻防
血糖値とコレステロール指数
人類の未来と巨億の富と私自身の余命を賭けて
チャートは白昼の静寂に立ち竦む
その手はまさぐる　一寸先の
ひんやりした暗がりを
そこへ辿りつくことができるだろうか
それとも力尽きて遠ざかるのか
犇きあうビッグデータも
行く先を言い当てることはできない
だがたとえそれが地獄の坩堝であろうと
ぴくりともしない
心電図の直線よりはましだ
震える罫線は生きとし生けるものの息吹の徴
その舳先に我が身を括りつけて
大いなる未知へ旅だちたいというのが
いまの私の相場観である

（未発表）

執務室のゴジラ

窓の下をのぞいて見たまえ
山手線よりも大きな渦巻きがあるだろう
あれが所謂デフレスパイラルだ
中南米のハイパーインフレは右巻きだったが
こっちは左回転　北半球だからね

渦の底はいまだに焼け野原だ
かつてわたしはあそこで炎を吐いた
それから努力と忍耐の階段をはいあがって
青空からの拍手を浴びた

いま降りかかるのは冷たい雨粒
やがて激しい回転と下降がはじまるだろう
机上の黒いダイヤル式の電話が鳴り続けている
放っておきなさい　連中からの指令は
「勝ち残れ」いつもそれだけだ

君たちは脱出の準備をするがいい
わたしは留まるよ
この渦の行方を見届けるとするさ
責任感はわたしたちの最大の美徳だからね――
おや、いま窓の外を横切ったのは
もしやモスラ《異次元緩和》？

（未発表）

我儘

今朝もお日様はベランダから勝手に入ってきて
わたしたちの寝室の畳の目地をなぞった
息子は兎の世話をするために早めに登校した
夫も寝癖の髪を揺らして駅へ向かった
わたしは今日生きていたくない

テレビから明るい笑い声は絶えない
ＣＭのあとの瓦礫と死体
流しの蛇口が緩んで水滴の音が響いている
鏡の中からこっちを盗み見ているのは
だれ？

生きたいと祈りながら
いま死んでゆくひとがいるだろう
縋りついて泣く男と子供たちがいるだろう
そう思うことの罪は痛いほど分かったうえで
わたしは今日生きていたくない

明日はまたお布団を干してみせよう
セールの山を掻き分けて未来を掴みとろう
でも今日だけは我儘を許してください
帰らせてください　わたしを
石と木と雲と空のあの静けさの方へ

（2004.3.9）

倦怠の河

それ泣けますか　それ笑えますか
別にどっちでもいいんです
束の間わたしを繋ぎとめてさえくれるなら
ここすべすべのつるつるだから
わたしどんどん流れていってしまうから
ハマってたいだけなんです
映画でもレディスコミックでも小説でもいい
ほかにチョイスがないんだったら
詩だって許す
でも退屈は人類の敵

ひとりじゃ微笑もうかべられない
「ほかの誰もいないときに歓ぶことは
泣くことよりも難しい」って云ったのは
誰だったかしら　もしもいま本当にひとりで
笑っている人がいたらちょっと怖い

もっと笑わせてください泣かせてください
でないとからだのなかに膿がたまって
嫌な臭いをたてはじめそう
そしたらわたし鬼婆になるかも
着物の裾をからげてわたしが河を遡ったら
笑ってくれます？　泣いてくれます？

（未発表）

歌う部長

部長はカラオケが趣味である　そして音痴だ
通常このふたつは矛盾しないのだが
我らが部長がマイクを握ると
歌うという行為の根源的な意味について
聴くものは省察を余儀なくされる

目を瞑って部長は歌う
それが襟裳岬であろうと津軽海峡であろうと
雨の御堂筋だろうとそんなことは
取るに足らぬ瑣事だといわんばかりに
歌の本質を問う求道者のようなひたむきさで

伴奏が終わってもまだ歌は続く
ただ部長の地声だけが天に届けよと増幅されて
あるものはそこに轟く潮騒を聴いたという
また別のものは郷里の老人たちが
虚空に出現して手拍子を打つのを視たという

此処にいるのはなにかの間違いではないか
いつか遠い処へ立ち去らねばならない
そんな想いに駆られて
私達は不安げに辺りを見まわすが
部長は自らの磁場の中心にいて揺るぎない

（未発表）

わたしのパソコン活用法

孫たちがくれたパソコンを「立ち上げる」
可笑しな言い方をするもんだ
スイッチを入れると電流が走って光が瞬く
儂には「目を覚ます」としか見えぬが

熟年パソコンばやりだそうだが
これを使ってみんなは何をやっておるのか
庭の梅が漸くほころびましたと
メールを打ちたい相手はもうここにいない
娑婆に放った網にかかる魑魅魍魎は
見尽くした

デスクトップの画面が輝いておる
海の青とも空とも違う不思議な青に染まって
それだけは見飽きない　いつか儂がゆく処にも
こんな光が溢れているのかしらん
放っておくと勝手に「スリープ」しよる
スクリーンセーバはうたかたの夢
スイッチを消して黒がのっぺり顔を出す寸前
地平に光芒が走る
一日に何度か儂はその彼方に目を凝らす
庭には梅がほころんでおる

（2004.3.16）

虜（とりこ）

小鳥が羽ばたいている
閉めきった窓の部屋のなかで
掴むことのできる枝はどこにもない
嘴に血が滲んでいる
ううん、母さん、誰もいないよ

手のなかに小鳥を握る
少しでも緩めると
超小型台風みたいに足掻きはじめる
ぼくはゆっくり力をこめる
あれにさわりたくて
ちがうよ、母さん、ただのテレビの音だよ

外は土砂降り
往来に溢れかえった人々は傘をかざして
水溜りをよけて悲鳴をよけて——

眠りの前、白い峰があらわれて
押入れの前に聳え立つ
この山の裾野に指一本でもふれたなら
ぼくは凍え死ぬだろう

小鳥は吹雪の頂で眼をつむっている

（2004.3.30）

脹脛（ふくらはぎ）

背中で揺れる髪の毛だけをみつめて
歩きつづけた
地下鉄を乗り継いで
眩しいライトをくぐり抜けて
春風が運ぶそのひとの匂いをかぎながら
犬のようにあとをつけた

誰でもよかった
追いかけているかぎり
忘れることができたから
見なくても済んだから　街中を覆う
瓦礫の山を

だがその自分につきまとう
別の誰かがいる
脹脛を鞭で打たれて
もう立ち止ることができない
これ以上いったら追いついてしまう
顔を見られたら傷つけるほかなくなるのに

まっくらな夜道を歩きつづけている
いつのまにか素っ裸で
般若の面だけを縫いつけられて

（未発表）

電話

あ、おばあちゃん、おれおれ
そう、まあチャン、おれ、まあチャン
ううん、どうもしないよ　普通だよ
ほんとうにおれだってば　まあチャンだって
いま？　どこだかちょっと分かんない
マンションの上の方みたいだけど
おかね？　困ってないよ、どうして？
やだなあ　おばあちゃんなんか疑ってる
おばあちゃん今ひとり？　おれも
寂しくはないけどちょっと退屈？
窓からヨドバシカメラの看板がみえるよ
あと空　あたりまえだけど
こっちは曇ってる　ふーん、そっちは晴れか
ねえ、おばあちゃん、死ぬまでに
どうしてもやりたいこととか
絶対手に入れたいものとかって、ある？
おれ、そういうのないんだよね
快適だったらいいし、「必死」とか苦手だし
え、まあチャンともう一回だけ会いたい？
でもまあチャンはレイテ沖で戦死してるって？
六十年も前なのに、忘れられないんだ……
じゃ、ますますおれって何ってことになるけど
ま、いっか　またかけるよ　バイバイ

（未発表）

母に

夕日に照らされた葉っぱのように
生命を内側から光らせるもの
青空をほかのどんな青でもない空の青に染め
雪の白にだれにも触れることのできない
透き通った輝きを与えるもの
鳥たちの声をいまこの瞬間に際立たせるもの
それは生よりもその杯に垂らされた一滴の
死のなせる業ではあるまいか
音楽に宿ってひとを酔わせるもの泣かせるもの
理由もなく子供たちを笑わせるもの
老人の皺だらけの手をとって
一日の終わりへゆっくりと歩いてゆくもの
人ごみに埋もれた見知らぬ顔を
かけがえのないただひとりへと彫りあげるもの
それを愛と呼ぶのならその根は
死の底知れぬ静けさへと伸びてはいまいか

もう祝ってもいいですか？
地上から立ち去ることであなたは
生きる歓びそのものの永遠の伴侶になったと
あれから二十六年が経とうとしている
今日歌っていてもいいですか？
あなたの息子があなたの死を褒める唄を

（2004.4.6）

分数

せんせいもパパもママも　どうして
ここにリンゴがひとつあるとするでしょう
っていうの？　ここにはリンゴないじゃない
きのうおばあちゃんがぜんぶたべたじゃない
デパートでたかいおかねをだしたのに
ふじスーパーのよりまずいっていったじゃない
ここにはもうないものを
どうしてわったりしなければならないの？
はんぶんにわったらにぶんのいちで
そのまたはんぶんはよんぶんのいち
だからなんなの？　どっちのほうがおおきいか
きかれてもわからない　だってそれは
どんなリンゴかによるでしょう
もしもすなつぶくらいのリンゴだったら
ふたつにだってきれないじゃない
むかし　パパ　いったよ
ひゃくよりもせんよりもまんよりも
このよで１がいちばんおおきい　なぜなら
それはいちどもきられたことがないからだって
わたしそのことをずっとおぼえてる
わたしまだきられたくない
それよりスイカきろう　それからさかだちして
いっしょにちきゅうをもちあげようよ

（未発表）

罪と罰

テレビの中で　三人の男のひとが
みんな同時に頭をさげる　なにを聞かれても
「誠ニ申シ訳ゴザイマセン」の一点張り
額にうかんだ玉の汗をなんども拭う
「ザンギニタエナイ」ってどういう意味だろう
真ん中のひとのこめかみから大粒の汗がこぼれた
「みろ、どんなにいい学校でたって
嘘をついたらこのざまだ。いいか、ヨシオ
人間正直が一番だぞ　澄みきった月のように
公明正大なのがもっとも尊いんだ」
父は赤い顔に満足そうな笑みをうかべて
ぐいっと麦焼酎をのんだ
「プライドってものがないのかしら、この人」
汚らしいものをみる目つきで母が言った
ぼくはひとりでどきどきしていた
いつかぼくも裁かれる
恐ろしい秘密をみんなの前に暴かれて
裸で立ちすくむだろう　矢を放たれるだろう
それはもう全くたしかなことなのに
ぼくはまだぼくの罪をしらない
だから償う術も分からない
テレビのひとはおいおい泣きくずれている
悦びにもだえる竜のように

（未発表）

筏にのって

エリカは連れ去りにあった
算数の授業中に教室へ入ってきた男に
ユウキは切られた
コウタロウは不良たちに渡すお金がなくなって
とうとう自分自身を差し出した

それでもぼくは休まずに塾へ通い
帰ってきてお腹いっぱいネギトロ丼を食べる
母さんは元気だし
父さんはリストラもされてない

パジャマに着がえて灯りを消すと
夜の河のまっくろい水面が
音もなく盛りあがる
あの底に本当の悪者が隠れてるのさあ
部屋の隅に浮かんでコウタロウが教えてくれる
人間は使いっぱしりでしかないんだよね
頭に包帯を巻いたユウキが云う
でも悪は善がなくては生きてゆけない
闇のなかでこそわたしたちの瞳は輝きをます
遠くからエリカの声が届いて
布団の筏が岸を離れた
悪者の吐く息にぼくの鼓動が響いている

（2004.4.23）

足跡

わたしのなかに
雪が降りたい
鶏小屋の屋根につもり
人々がゆきかう道をかくし
高い塔のとがった先をそっとつつんで
わたしのなかに雪が降りたい
美しいものの上にも醜いものにも
ひとしくかかって
おなじ姿勢でうずくまる塚にかえたい
梢のなかの囀り
ささやきとわらいと罵り
日々の奏でるかりそめの音楽を
やわらかな襞に奪いとってしまいたい
(だが薪は爆ぜつづけるだろう)
それから町のはずれまであるいていって
白一面の畑に跪きたい
なだらかな丘をころびまろびつ
雪の下をながれる
真っ黒な水の音がききたい
凍えてもいい
そこにただひとつの足跡がみつかるならば
脆弱さに穿たれた確かさの徴を探して
わたしのなかに雪が降りたい

(未発表)

Part 2 現代ニッポン詩（うた）日記

旗

　今年の夏、ドイツはどこもかしこも黒赤黄三色の国旗だらけだった。ワールドカップのせいである。だが考えてみると、この国で国旗を見たり国家を聴いたりするのは大抵サッカー場だ。子供たちが通っている学校の行事でも見かけることはほとんどない。

　以前住んでいた米国フィラデルフィアには、ベッツィー・ロスの家があった。最初に星条旗を縫い上げたといわれている女性だ。独立戦争によって二度も夫を亡くした彼女は、9・11以来巷に溢れ出した星条旗を見てどう思うだろうか。

　旗が旗として成り立つためには、旗竿と風がなくてはならない。しっかり括りつけられていなければあっけなく吹き飛ばされてしまうだろうし、風がなくては様にならない。彼方への憧憬と此処に踏み留まろうとする意志、その相克のなかでこそ旗ははためく。

　だがそれを見つめる人の眼差しがなければ、はためきは虚しいだろう。ふだん私達は俯きながら歩いている。偏狭な国家主義の強制も狂信的な宗教の陶酔もない場所で、黙って空を見上げている人の顔はどんな旗よりも美しい。

*

わたしから溢れて
わたしを超えていくもの
気高さへと
心を駆り立てるもの
だれの手にも触れられない
空の青さ

旗を見上げるとき
わたしはひとりでいたい
だれにも強いられずに
自ら己れを
真っ直ぐな竹に括りつけて
風に晒されたい

（2006.10.20）

構造計算書

マンションに住んでいるすべての人々にとって、耐震性偽装事件がどんな不安と恐怖を与えたかは想像に難くない。文字通り屋台骨を揺るがすような衝撃だっただろう。

だが地震のない国に住み、一坪の不動産も所有していない私は、この問題を咄嗟に精神の次元に置き換えて捉えていた。私という人間の精神は、人生における様々な衝撃に耐えうる「耐震性」を備えているのか？私の自我の「構造計算式」に、自分でも知らぬ間に偽装を施してはいまいか？そういう問いかけが聴こえてきたのだった。

一見いかにも自信ありげな人が些細なことで一生を棒にふったり、反対にふだんは頼りなさそうな人物が、いざというとき意外な力と尊厳を発揮することはよく聞く話だ。建物と違って、魂の耐震性は試練に遭わない限り推し測れない。

苦しい経験をくぐり抜けることでのみ得られる強さ（と優しさ）もある筈だ。地震は起こらないのが一番だが、平穏無事な生涯が必ずしも幸福に結びつかないところが、生きるということの難しさであり、面白味でもあるのだろう。

＊

俺の中の川
俺の中の迷い犬
俺の中で眠ってる赤ン坊
俺の中に広がる空と
聳える塔

どの路地裏に
隠されているのだろう
一生を費やして
探さなければならないもの
命よりも大切なもの

〈自分で自分を
変えることできる？〉
俺の中の少女が訊ねると
俺の奥深くに棲むナマズが
身じろぎした

（2006.11.26）

ケータイ

携帯電話が普及するにつれて、予め待ち合わせの場所を定める人が少なくなった。大体のところだけ決めておいて、詳しいことは近づいてからケータイで相談すればいい。片手で携帯電話を耳に当てたまま、もう片方の手を振り交わすペアをよく見かける。

たしかにそうすれば迷ったり、待ちぼうけを食わされたりすることはないだろう。だがその便利さと引換えに何かが失われてはいないだろうか。

誰かに会おうとすること。たとえ気の置けない友人であろうと、本来それは賭けのようなものだ。相手が来ようが来まいが、自分はそこへ赴き待ってみよう。そんなひたむきで一途な決意がなければ、人は真に他者と出会うができないのではないか。携帯電話は私達の日常から「待つこと」の畏れと歓びを奪いとり、単なる段取りに貶めてしまった。

まだケータイのなかった頃、約束の時間を過ぎても現れない人の姿を求めて、行き交う雑踏に眼を凝らしていたときの切なさを思い出す。その彼方から奇跡のように現れて、真っ直ぐに近づいてくる笑顔の眩しい懐かしさを。

*

これさえあれば
ひとりでも寂しくない
これさえあれば
きっとどこかへ辿りつける

ここではない別の場所
今日じゃない明日
わたしを待つ
だれかまた新しい人

だからわたし
いつまでも流されている
ネオンの瞬く空の下
暗い川のように

(2007.1.24)

いじめ

先日ミュンヘンの日本語補修校で、ふだんは地元の学校に通う日系人の中学生たちが日独文化の研究発表を行った。

ひとりの生徒は、日本の学校では部活などの課外活動が活発だが、ドイツでは授業が終わるとさっさと家に帰ってしまう（事実である）と比べた上で、「日本の学校は集団活動の場であり、それがうまく機能しなくなったときイジメが起こる。ドイツの学校は個人が個人として勉強をしにくるだけの場所なので、喧嘩はあってもイジメはない」と分析してみせた。

集団生活であっても、例えば過酷な自然のなかの遊牧民にイジメを想像するのは難しい。その集団は開かれていて、攻撃性は外部へ発散されるからか。

工業化社会で平和な暮らしを営む私達が閉塞と内攻を防ぐためには、ひとりひとりの内側に外部への通路を切り開くほかないだろう。心の最も深いところに、自分を超えた存在を取りこむこと。たとえ世界中から仲間外れにされても、ひとりで微笑んでいられる喜びの源泉を育てること。それが仕事であれ、趣味であれ、誰かへの愛であれ。

*

石ころだらけの道ばたで
野良猫が鳴いてらあ

石は永遠を待ってるみたい
もう何万年もの間
黙ったまんま

道は追いかけているみたい
見果てぬ夢を
一途に地平を目指して

猫は見えない死闘を
繰りひろげているみたい
空の厳かな虚無と

石よ、道よ、猫よ！
お前の力を授けておくれ
孤独を恵んでおくれ
野原よ、今日一日だけ
僕の学校になっておくれ

（2007.2.23）

ひきこもり

十九世紀半ばの米国に生きたエミリー・ディキンソンは、大学を一年で中退した後、次第に家の中に閉じこもりがちになり、やがて誰とも会わない隠遁生活を送るようになった。

　ちょうどその頃オーストリアに生まれたリルケは、『若い詩人への手紙』の中で、孤独の偉大さを讃え、何日も誰とも会わずに暮らすことが詩人には必要だと説いているが、実際自らもミュゾットの古い館に独りで住んでいた。

　いわゆる「引きこもり」と呼ばれる現代日本の若者たちと、彼らとの間に果たしてどんな違いがあるのか私にはよく分からない。少なくともカラオケやコンパに「過剰適応」する若者よりは親しみを覚える。

　生前全く無名だったエミリーの箪笥からは大量の詩稿が発見され、彼女は米国最大の詩人となった。リルケは孤独の果てに空から天使の声を聴き、傑作『ドゥイノの悲歌』を書き上げた。

　どんなに世間とうまく付き合えても、自分を見失うならば元も子もないだろう。「ひきこもり」の苦しみに満ちた孤独には「自分自身」と出会う可能性が秘められているはずだ。

＊

日焼けしたあなたが
人ごみを掻き分けながら
ハンバーガー買いに行く時
私は私の中の海に
石の小舟を漕ぎ出してゆく
あなたが白い歯を見せて
友だちと笑いあっている時
私は私の中に広がる
星のない夜空を見ている
お願い今は話しかけないで
櫂を放してしまうから
扉を叩く代わりに
沈黙の海図を読んで下さい
希望の島影に
眼を凝らして下さい
そしていつか嵐が止んだら
私に会いに来て下さい
一羽の鴎になって
あなた自身の海を渡って

（2007.3.30）

天の声

ダンテは『神曲』の中で、人間の罪を大きく二つに分けて描いている。好色や大食など欲望を自制できない罪と、暴力など積極的な悪意に基づく罪である。

当時のフィレンツェの政界は派閥が血腥い政争を繰りひろげ、ダンテもそれに巻き込まれて故郷を追われていた。彼は法王にいたるまで実名入りで悪行を告発し、作品の中の地獄で散々な目に遭わせている。

七百年後の日本で「天の声」を発したり、従ったりした人々の罪はどちらになるのだろう。単なる浪費や吝嗇なら前者だが、汚職、偽善、媚び諂いは地獄の最下層に位置する大罪だ。

誰も見ていない時に私たちを律しているもの、それこそを「天の声」と呼ぶべきだろう。ただの小心さや見栄や意地と似ていながら、それは罰ではなく罪の穢れに怯え、時に自らを超えた気高さへと人を駆り立てる。

『神曲』の各篇はいずれも「星」という一語で結ばれているが、私の心の空には地上の喧騒がスモッグのようにたちこめている。「天の声」を聴くには、ダンテに倣って、孤独と沈黙を取り戻さなければ。

＊

その国には、神さまが
いなかったから（あるいは
たくさんいすぎたから）
人間は威張りくさり
人間はこび諂い
人間は畏れることを忘れた
神さまの名において
殺しあうことも
裁かれることもなかったが
高みへと導かれることも
罪を贖う術も知らなかった
その国は、人間だらけ
だったので（そして互いに
そっくりだったので）
人間には代わりがあって
いくらでもつぶしが利いて
一人一人の顔はかすんだ
そして電車は終日
廻りつづけた　あてどなく
ぐるぐるぐるぐるぐる

（2007.4.24）

国破れて

　イラクからの報道に胸が痛む。連日何十人もの人が自爆テロの犠牲になり、二百万超の難民が生まれつつあるという。暮らしの基盤は破壊され、未来を担うべき優秀な人材はこぞって国外へ逃げ出してゆく。目の前で祖国が滅びて行くのを、成す術もなく見守る無念さはどんなだろう。

　その点日本は平和でよかった。テロはなく景気も好調、イラクとは正反対だ。

　だが本当にそうか。我が国の、自爆者ならぬ自殺者は毎年3万を越える。爆弾を抱いて市場の雑踏に身を散らす者と、駅のホームから満員電車に身を投げる人の姿が、私の中で重なる。たしかに都市は栄えたが、私たちの山河はぼろぼろになってしまった。遊び場から子供たちの姿は消え、未来へのヴィジョンが持てぬまま受験競争に血道を上げる。夢は大リーグなど海外へ羽ばたいた若者に託されて語られがちだ。

　こうしてみると、一見対照的な二つの国が、互いの戯画のように思えてくる。

　眼に見える火薬と見えない真綿による、夫々の破壊と絶望――それを希望という一語で繋ぎ合わすことができるだろうか。自分自身の明日に向けて。

＊

銃を提げた兵士を
少年たちが取り囲んでいる
彼らもねだるのだろうか
たどたどしく
ギミ・チョコレート！

買い飽きて食い飽きて
私たちはなお求めつづける
清潔な街の片隅で
音もなく自爆する男たち
仮想現実に溢れる難民

国は栄え
山河は滅び
人なべて俯き――
そしてなお私たちは希う
地に幸あれ
子等の寝顔安かれと
祈りなき夕べに頭を垂れて

（2007.5.17）

年金消失

　年金の記録が大量に消失してしまったというので大騒ぎである。会社員生活の大半を海外で過ごしながらも日本国に年金を納めつづけてきた私にとっても他人事ではない。若い頃なら年金制度の崩壊と言われても絵空事だったが五十を前にしたいまでは切実な問題だ。

　年金とは平均余命という冷徹な確率論の上に成り立っている一種の賭博である。長生きすれば元がとれるが早死にすれば掛捨てに終わる。年金を失うかもしれないと不安がるとき、私たちは自分だけは生き残るつもりでいる。その前に命をなくすかもしれないとは考えない。この場合の不安や恐怖は己が生への執着の裏返しとも言えよう。

　中世の西洋の賢者たちは机上に髑髏を載せ〈メメントモリ（死を忘れるな）〉を座右の銘としたが、その精神は都を離れて草庵をあんだ鴨長明や芭蕉にも通じるだろう。彼らは死をも含めた未来の全てを常に現在ただ今において生きていたのではあるまいか。

　一寸先の闇と、その闇に燦然と輝く今とに、自分の実存をどう配分して生きてゆくのか。年金問題はパンのみにあらずである。

＊

今、鳥が啼いている
今、木の葉が光っている
今、私の影が
芝生の上を這ってゆく

明日を思い煩わないから
鳥も木も今に留まる
人だけがいつも通りすがり
憧れに手を引かれて

風が嘯いてゆく
この刹那しかないのだと
岩が抱きしめている
貫こうとする時の力を

アイスが溶けて
空の奥で星が滅んで
伽藍は金の調べを奏で
私は今ここにいる

（2007.7.20）

周辺

「周辺、周辺」と騒いでいるので何事かと思ったら、有事に絡んだ法解釈の問題だった。ありふれた普通名詞が随分きな臭い意味を背負わされたものだ。「周辺事態」が「我が国周辺地域で我が国の平和と安全に重要な影響を与える事態」の略だと誰に想像できるだろう。そういう曖昧な言葉の使い方はどこまでが計算されたものなのか。

「周辺」は「中心」あってのものだねだが、そのふたつは固定されたものではなく、むしろ絶えず入れ替わる流動的な現象として捉えられるべきだろう。私にとって私は世界の中心であり他者は周辺だが、その他者の眼で自分を見つめ返したとき私はどこにいるのか。国家間のみならず、夫婦間の有事においてもしばしば遭遇する問題である。

母親という「中心」に抱かれている赤ん坊が、やがて父を知り、家庭の周辺即ち世間を知り、世界を知る。果ては地球は銀河の端っこにあり宇宙はいまも膨張しているなどと教えられる。成長とは自分の内部に「周辺」を取りこんでゆく過程に他ならない。だからこそ時にはひとり夕空の下に佇み、束の間「中心」を回復させてやることも必要なのだ。

*

いきなり「周辺」だと
決めつけられて
海は憮然としている

周辺なんて
人間が勝手に作り上げた
幻想に過ぎないゾ
見てごらんよ
世界はいたるところ
中心ばかりじゃないか

と云い返したいところだが
海は懐が深い
終日《ひねもす》のたりと揺れながら
空にお臍を晒してる

（2007.8. 未発表）

バラバラ

最近日本から届くニュースに「バラバラ殺人」という言葉がやけに目につく気がするのは私の錯覚だろうか。

　猟奇的な事件よりも、普通の人が思わず殺人を犯してしまい、その始末に困った揚げ句に鋸を持ち出すというのが恐ろしい。殺意へと到る激情も、殺害後の恐怖と絶望も容易に想像できるからだ。バラバラにされる死体ではなく、バラバラにしている犯人の心中こそが私たちを脅かす。

　一度殺してしまえば死体は物に過ぎず埋めようが切り刻もうが同じことだ、というのも理屈ではあるが、私たちの心はその論理を受け入れることができない。それができるとき、人は人でなく鬼と化しているのだろう。

　鬼の仕業であれば目新しくもなく神話の時代にまで遡ることができる。鬼はいつの世にもいた。むしろ異常は、鬼の怒りを鎮める抑止力が衰えてきたことか。

　いや、免疫力というべきだろう。鬼が外に在るのではなく、私たち自身の心の暗部に棲むとすれば。肉体の免疫なら薬で増強もできようが、精神のそれをどう鍛えればいいのか。神も仏もないこの時代に。

＊

桃太郎や
お前が海の向こうで
立派な手柄を立てている時
村はとんでもない事に
なっちまったよ

祠は荒れはて
路に子等の声なく
父祖伝来の山河は汚され
一本の束だった命が
千々に裂かれて

猿も雉も犬もいないよ
日本一の刀も役に立たない
丸腰の心で闘うだけ
あたしたちに瓜ふたつの
鬼を退治するには

ほら、持っておゆきよ
母さんのオニギリ

（2007.8.14）

地震

米国に八年ドイツに十三年住んだが、地震を感じたのは一度だけだ。そのせいかたまに日本へ帰ると、微弱な揺れにもびくびくしてしまう。昔は慣れっこだったのに。

7月の中越沖地震では3万8千棟もの住宅が被害にあった。原子炉への影響は連日当地でも報道された。

被害を防ぐには耐震補強工事が不可欠だが、経済的な理由から尻込みする人も多いという。特に独居や夫婦だけの高齢者世帯にその傾向が高い——と聞くと胸を打たれる。

人は愛する者を守るためならなり振り構わず最善を尽くす。だがひとりになったとき、じたばたするよりも運を天に任すことを選ぶのは一種の美学ではあるまいか。地震はたしかに怖いけれど、生きている限り危険はほかにも満ち溢れている。

西欧の都市にそのような諦念は感じられない。むしろ凄まじいばかりの構築への意思に貫かれている。日本の住の究極が草庵であるとすれば、こちらは壮麗たる石の大聖堂だろう。

無論現実の暮らしはその中間だ。針はどっちにも振り切れぬまま、日々、揺らいでいる。

*

廻ってんだもの
なんにもない空っぽに
浮かんでんだもの
揺れたっておかしかない

木々が揺れ
ブランコが揺れ
睫が揺れ心が揺れる
揺れるのは生きてるしるし

揺らがぬものは
青い空
雲ひとつない青い空
揺らがぬものは——

イヤリングを揺らして
笑っているお前の
はるか頭上の
青い空

（2007.8. 未発表）

インサイダー取引

ホリエモンや村上ファンドをめぐって一躍有名になった言葉だが、悪事だ犯罪だと騒ぐ一方でその罪の本質は曖昧だ。何をもって内部者とするのか、どこで外部との線を引くのか。

そもそも彼らは、閉鎖的な日本社会に対するアウトサイダーとして登場し喝采を浴びた。海外の投資家は以前から、日本の企業取引全般が日本人という内部者の間だけで行われていると批判し、開放を求めてきた。米国のメディアには、堀江氏や村上氏は旧来の内部権益を守るための生贄にされたとする論調もあったようだ。

インサイダー。なんという陰微な誘惑の響きだろう。対してアウトサイダーは勇ましい一匹狼だ。だがその外部者がいつの間にか内部者となる、内と外とがメビウスの輪のように裏返ってしまう。同様に、内部者も一瞬にして外部へ追放されうることは、数々の内部告発の事例が示している。

つまりは線の引き方に掛かっている。自分は何の外に立って、何の内に入っているのか。そこでどんな取引をしようというのか。その問いに人は、言葉ではなく、生き方そのもので答えねばならない。

＊

赤ん坊は
母親のお腹の中にいる
母親はおうちの中にいる
父親はしがらみの中にいて
ご先祖様は墓の中

今日は暦の中にあり
暦は星の巡る中
物の中には原子があって
原子の中からキノコ雲

美の中の毒　毒の中の薬
ほほえみの中の悲しみの影
愛の中にこそ死なめと
生きて火中の栗拾い

赤ん坊が産声を上げた
その目が見つめる初めての
窓の輝き

(2007.10)

看板と中身

作りたてと偽った売れ残り饅頭、地鶏と謳ったブロイラー、羊頭狗肉ならぬ豚頭牛肉。食品の表示を巡る偽装問題が後を絶たない。

「消費者の信頼を裏切った」「残念」「騙された」感情的な見出しが躍る割にいまひとつ間の抜けた印象が伴うのは、実際の被害が見えにくいからか。それを食べて病気になったわけでもなければ、まずいと云って吐き出した人がいるとも聞かない。みんな喜んで食べていたのだ。やっぱり老舗/地鶏/国産肉は違うなどとしたり顔で。

だからこそいっそう肚も立とうというもの。とすればその怒りは、半ば自分にも向けられているだろう。

有名校への受験、ブランド品の買漁り、はては万能に効く奇蹟の水。対象は違っても、中身より看板を有難がるという構図は似たりよったりだ。

あんたが旨いと思ったんならそれでいいじゃないか。あんたの人生はオレの能書きじゃなくて、あんた自身が生きて味わったことなんだから——平身低頭謝罪する店主たちの姿に、開き直りとも戒めともとれるそんな声を聴いたのは、私の錯覚だろうか。

*

饅頭喰って
にっこり笑った
「おいしいね」
「うん」

その時は取り戻せない
あの人はもういない
饅頭の味は忘れた

ただあのにっこりだけが
心の奥に残っていて
ふとした弾みによみがえる

饅頭喰って　お茶飲んで
話すこととてなく
「おいしいね」
「うん」

(2007.10. 未発表)

学力低下

国際的な学力テスト「学習到達度調査」（PISA）において、日本の高校生の順位が全分野で低下、特に科学への「意欲」は最下位だという。これを受けて文科省は「ゆとり教育」の見直しを前倒しで実施するとか。

やれやれ、と僕は思う。質の問題を量で解決しようというわけか。確かに「ゆとり」は失敗だった。でもそれは教える側が、詰込み教育を超えて、学生の主体に訴え、意欲や関心を呼び覚ます術を知らなかったからではあるまいか。僕も含めて今の大人自身が、詰込み教育の産物に他ならないのだから。

知識はあっても応用できない、白紙の無回答が多いという結果は、子供達から発された、現代の日本社会への痛烈な批判とも読める。生まれた時からレールが敷かれ、マニュアルで雁字搦めの人生に、何を云ったたって無駄さ……

真の〈ゆとり〉とは、知識や権威に頼らず、裸心で世界と向き合い、生の確かな感覚を培うことから始まる筈だ。孤独な自己鍛錬によってのみ到達できる寛ぎ。まず私達がそれを目指さなければならない。子供達は自ずと、大人の後姿を映し出すことだろう。

＊

一本の木を前に僕は思った
ここに光への意志がある
汲み上げる力がある
ここに日陰と鳥の囀り
やさしさがある
幾重にも輪を描く時がある
無数の嵐の夜の記憶と
朝の静けさがある
青空に下ろされた大地の錨
ここに命がある
そしてそれを支える
精緻な機構と陰微な働き
解き尽くせないなぞがある
ああ、生きてゆける！
この一本の木を読むことで
僕は生きてゆける
この木ゆえに僕は僕だ
そしていつか僕はここで
君と出会うだろう

（2007.12. 未発表）

値上げラッシュ

ガソリンから食料品、文房具にいたるまで、軒並み値上げが始まっているという。給料や利息が上がっている訳でもないので、実質的な所得減である。

バブル期に贅沢品の値段が吊り上がったのとは違って、今度のは生きて行くために最低限必要な物資だ。原油にせよ小麦にせよ、限りある資源に対して世界的な需要が高まり続けていると聞くと、背筋がぞくりとする。

不安に駆られて辺りを見回すと、モノが溢れ、街には相変わらずめき合っている。飲食店がひしばむほどの暖房だ。店内は汗て不安はその実体を見失い、かくし獏たる感覚だけが虚空に漂うことになる。

詩人リルケは第一次大戦後のドイツの経済発展を「自己逃避のための繁栄」と呼び、「急激で暴力的な落下」を予感した。「ではどうすればいいのか?各人が自らの生の小島を守るだけだ」そう書いて実際にミュゾットの館に引っ込んでしまったが、子を抱え浮き世に暮らす私達はそうもいかない。せめて朝夕のご飯の美味しさ、屋根と布団の有り難さを噛みしめ、「勿体ない」を合言葉に慎ましく生きるとしよう。

＊

人生は泥だった
甘いも旨いも酸っぱいも
あるにはあったが　それは
上塗りに過ぎなくて
剥がせば苦い味がした

人生は岩だった
千年前もそうだった
千年たってもそうだろう
この世に在るということは
その重みに耐えること

だからこそ　人は死ぬと
雲となり星となって
空にかがやく
そして注ぎかけるのだ
地上に残された仲間たちに
木漏れ日の励ましを
月の光の慰めを

(2008.1.18)

ギョーザ

　ドイツのテレビニュースを観ていたら、画面の下のテロップに「中国ギョーザに日本怯える」という一行が流れてきた。何事かと日本のサイトを検索すると、大変な騒ぎである。

　健康被害訴え三千人、報告相談五千件！衝撃的な見出しから、日本中の路上に倒れてもがき苦しむ同胞達の姿が浮かびあがる。過激分子犯行説？アルカイダは高層ビルにジェット機を突っ込んだが、こっちは我らの土手っ腹にギョーザをぶち込んだのか？

　だが落ち着いてみると、被害の規模も原因も曖昧模糊としている。実際に有機リン中毒が確認されたのは十件ほどだというし、事件が意図的なのか過失なのかも分かっていない。実に「歯切れ」も「後味」も悪いギョーザである。早急な原因究明が望まれる。

　でもなあ、原因が分かったところで、この不安感は消え去るまいで。どんなに検疫を強化しても全てを網羅することは不可能だし、食料の自給自足など夢のまた夢、同じことが国産品で起こらぬとも限らない。杞憂とはよく言ったものだ。段々この世がロシアンルーレットに思えてきた。

＊

冬の窓辺の一羽の蛾
どこから来たのだろう
凍える星空に下腹を晒して
小さな翅に　地味な
細密模様を掲げたまま
微動だにしない

越冬の蛾よ
おまえには怖くないのか
この夜の広がりが？
どうやって耐えているのだ
この一瞬へと滲み出る
永遠の重みに？

知っているのか　この指は
おまえを潰せるのだぞ
塵とも見紛う静かな者よ
わたしの心は　なぜ
おまえの前に頭を垂れ
両手を合わせてしまうのか

（2008.2. 未発表）

少年力士の死

　時津風部屋で起きた若い力士の暴行死事件には心底胸が痛む。十七歳と言えば私の息子と同い歳である。図体は大きくても、中身はまだまだ柔らかく、傷つきやすい。青年というよりも少年なのだ。「僕いい子になるから迎えに来て」父親に言ったというその言葉が、なによりもそれを示している。

　事件の前、斉藤君は実家まで逃げて帰ったという。祖母にまでメールを送って助けを求めている。そのたびに親は彼を相撲部屋まで送り返した。息子の将来を思い、親方や兄弟子を信じてそうしたのだ。石の上にも三年というが、まだ半年も経っていないではないか――息子にも自分自身にも、きっとそう言い聞かせたに違いない。

　「僕いい子になるから迎えに来て」今その声は繰り返し蘇り、遺された者の肺腑を抉る。親にとってこれほど辛い言葉はない。親方が逮捕されようと相撲協会が改革しようと、自責の念は消え去るまい。

　こういう悲劇の前にはどんな言葉も虚しく響く。ただ少年の冥福を祈り、ご両親の心中を思って絶句するばかりである。

*

日溜まり
ウサギの和毛
夕暮れの焚火の匂い

脱ぎっぱなしの運動靴
好物の鶏の唐揚

遠い子守唄
クレヨンの怪獣
初めて補助輪なしで自転車
　に乗った、あの日

いのち
今生きているいのち
生きて息づいてるいのち
そのぬくもり

息子よ、汝殺すなかれ
そして生きよ！　生きよ！
父の掟はそれだけだ

（2008.2.28）

エコ偽装

　ドイツに移り住んで最初にしたのは、四種類のゴミ箱を揃えることだった。紙、プラスチック、生ゴミ、その他の分別が徹底していたのだ。ヨーグルトの容器などは、外側の紙と中のプラスチックとを切り離してリサイクルするように出来ている。

　一方日本では、里帰りするたびにゴミの捨て方が変わっていて、去年の年末には実家にも「プラ専用」ゴミ箱が登場していた。段々ドイツ並みになってきたなと思っていた矢先に今回の事件である。

　業界ぐるみで十年以上もエコ偽装を続けていたとは呆れるが、眦をあげて怒る気にもなれないのは、自分にも紙を無駄使いしているという引け目があるせいか。下手な詩を書いては破り書いては破り、一体何本の木を殺してきたことか。

　「その名を水に書かれし者ここに眠る」は詩人キーツの墓碑銘。私も空や風に指先で詩を書けるようになりたいものだが、現代人の精神は文字なしでは掴みきれなくなっている。

　製紙会社殿、贅沢は申しません。粗悪な品質で結構ですから、ヘボ詩人のために古紙百%の原稿用紙を作って貰えませんか?

*

木は嘘をつかない
どんな秘密も
空に見透かされていると
知っているから

木は徒党を組まない
森の一本一本が
胸に抱えて立っている
地中から汲み上げた孤独を

（人は木陰で
　空の大きさを忘れ
　地の深さにも気づかず
　ひたすら斧を磨く）

動かぬ幹で
木は歴史を跨ぎ越す
語らぬ梢で　木は
明日の行方を指し示す

(2008.3.20)

清徳丸

イージス艦と清徳丸との衝突で強く印象に残ったのは、犠牲者の遺族と、それを支える漁村の人々の姿だった。謝罪に訪れた艦長や政治家に対して、悲しみと怒りの最中にありながら毅然たる態度で接した遺族の方々。波止場で太鼓を打ち鳴らして一心に無事を祈る女たち。空の暗いうちから黙々と捜索の船を出す漁師仲間たち。

そのひたむきな姿は、巨大な官僚組織が右往左往のあげく立ち竦んだり、マスコミの報道が攻撃的でヒステリックな調子を帯びることと鮮やかな対照をなす。権力とも富とも無縁で、日々大自然に身を曝して生きる人々の精神の、なんという高潔さだろう。

なかでも私の胸を打ったのは79歳の漁業組合長の立ち振る舞いだった。吉清さん父子を思ってこぼす涙と、捜索の継続と原因究明への断乎たる要求と、謝罪に訪れた高官たちに向かって頭を下げる礼節とが、ひとりの老人のなかでどれも真っ直ぐだった。そこに共同体の長老としての愛と責任が滲み出ている。犠牲となった父も息子も、その伝統を担う筈だったろう。悲劇と引き換えに私たちは尊いものを教えられた。

＊

暗い波の間から
不意にぬっと突き出す
鮫の鼻先

ソコノケソコノケとてない
鮫は何にも見ていない
考えることもない
あんぐり口を開けるだけ

父と息子は海の底で
ふたりきりの酒盛を交す
勤めは立派に果したから
もうあくせくしない

いまもなお逃げ惑う
遺された私たち
ほら、鮫は陸に上がって
木々や家屋をなぎ倒し
のたくってくるではないか

（2008.3. 未発表）

チューリップ斬首

日本各地でチューリップの花が切り落とされている。それを伝える枕詞は「心ない仕打ち」だが、本当に心がなければ、花に八つ当たりなどしないだろう。夥しい花の死骸からは、有り余る「心」が伝わってくる。それは無意識から迸る表現なのだ。

ドイツではちょうどチューリップの花が地面から頭をだしたところ。街のあちこちにいかにも勝手に咲いているという感じである。ちょん切っても、そこに意味をこめることも、対象を定めることも難しそうだ。

翻って日本のチューリップは、商店街のプランターや「会場」にあって、整然と管理されている。それは花の自然とは裏腹に、公的な人工空間を形成する。表面を飾り立てることで、内実の空疎さを隠蔽しようとするかのように……

つまりは日本の社会を被う欺瞞性を象徴している。

犯人は無意識のうちにそれに気づき、欺瞞を暴こうとしたのかもしれない。

斬首されたチューリップは、大量生産された欠陥製品とも、社会から脱落した弱者の群れとも見える。「器物破損」とはよくぞ云ったものだ。

*

花を切るのは犯罪でも
木ならいいのか?
ゴルフ場に宅地整備
利権に塗れた国土開発
鋏は残酷、電動鋸だったら
痛くないのか?

花を切るのは非道でも
首ならいいのか?
利益重視の名の下に
社員の首切ったじゃないか
偏差値の刃を振りかざし
受験生の坊主頭も

俺が悪ならお前はなんだ
我利我利亡者か偽善者か?
顔を顰めてそっぽを向いて
すぐに忘れて……
どれだけ俺が切っても
花はすぐに植えかえられる

(2008.4. 未発表)

捩じれと空白

国会が「捩じれて」いて、異常な政治的空白が続いているという。二院制をとっている以上、「捩じれ」自体は異常ではなく、むしろそのお陰で杜撰な税金の使い方が正されるなど良い面もあるはずだ。

しかし政権発足時には溌剌としていた首相が、ほんの数ヶ月で痛々しいほど疲弊してゆくのを見ると、やっぱりこの国のなにかが捩じれているのかと思う。

一方米国では大統領選挙たけなわ。気の遠くなるような選挙資金の額には鼻白むが、各陣営支持者の素朴な情熱は伝わってくる。戦争継続か撤退か、初の女性大統領か黒人大統領か、一人一人が私事と捉えているのがよく分かる。

十九世紀の詩人ホイットマンは「俺にはアメリカの歌声が聴こえる」と民主主義を賛美した。「大工は大工の歌を歌う、板や梁の長さを測りながら（中略）誰もが自分だけの歌を歌っている」（飯野友幸訳）。

お上の歌に臣民が口を揃えたことはあっても、その逆に私たち一人一人の歌を響かせたことが、この国にかつてあっただろうか。捩じれて空転しているのは、案外その辺りかも。

＊

俺には日本の悲鳴が聴える
いろいろな叫び声が
若者は若者の悲鳴をあげる
自ら弱者を傷つけながら
老人は老人の悲鳴をあげる
夢醒めてなお心溢れ
小学生も悲鳴をあげる
眼で指先で心臓で背中で
父さん母さん悲鳴をあげる
優しい笑顔の仮面の下で
欲望の疥癬を掻き毟り
決まり文句に口を塞がれ
崩れる制度の下敷きとなり
首相自ら「苛められて
可哀相なくらい」
誰もが自分だけの悲鳴を
放っている
昼は昼の悲鳴をあげる
夜は獏が人の夢を齧って
余りの苦さに悲鳴をあげる

（2008.5）

注：詩の部分は文中に引用した飯野訳「俺にはアメリカの歌声が聴こえる」の本歌取り

裁判員制度

法律とは四角四面感情のつけ込む余地のない論理的な世界であり、一方現実というものは、容易に白黒のつかぬ曖昧模糊、だからこそ法律を適用するにあたっては、素人ではなく専門家の高度な知識と経験が必要なのだと思っていた。

というのは半分本音、半分は建前で、建前の部分を正直に告白するなら、他人の一生時には生死すら決する裁判なんぞを、自らしゃしゃり出てやりたがるのはよっぽどのお節介、所詮自分とは人種が違うと……

そこへ裁判インコの登場である。他人に指図したくもされたくもないこの俺に、求められているのは何なのか。法廷に人情を持ち込むことか、渡る世間に鬼はなし、袖触れ合うも他生の縁、法治国家もあらばこそ、愛と涙で裁くらん？

つらつら考えるに「常識」という言葉が浮かんでくる。法や情を超えたところに厳然と存在する、世間の共通感覚。それを裁判の重しとして使うのなら、なるほど誠に意義がある。だが非常識の跋扈するこの時代に、常識はどこまで通用するのか。裁判員制度の導入によって、まず裁かれるのは日本の世間そのもの、その懐の深さだろう。

＊

ひとりの男
腰に荒縄、手首に錠
顔にはべっとり透明な血糊

もうひとりの男
黒い額縁に囲まれて
照れたような笑顔を浮べて

その中間に今日の空
その中間に市場の賑わい
赤ん坊の泣き声と
あなたと私

神はまだ黙したまま
仏はとうに赦したもうた

ひとつの罪と、ひとつの命
それを結ぶ鎖に
繋がれた修羅の群れ

（2008.6. 未発表）

秋葉原無差別連続殺傷事件

　事件を知らせてくれたのは、イスラエルの女流詩人だった。私達はルーマニアで開かれていた国際詩祭に参加していたのだ。昼食の時間で、席にはロシアや東欧を含む欧州各国の詩人たちがいた。

「日本は世界一安全な国じゃなかったのかい？」

「かつてはそうだったけれど、バブル崩壊の辺りからはっきりと変ったね」

「八十年代末か、ソビエト崩壊の頃じゃないか」旧共産圏の詩人がそう言うと、西側の詩人達が、自国でもその頃から社会が変り始めたと口を揃えた。ＩＴ革命、グローバリズム、米国流資本主義、格差の拡大……

「地域共同体が破壊され、市民という感覚がなくなって、誰もが消費者になってしまったんだ」と誰かが言うと、「だが消費の場で詩は棲息できない」と別の誰かが応じ、居合わせた全員が黙りこくった。

　事件が消費のメッカであるアキバで起きたのは象徴的だ。あの日路上で血を流したのは、私たちの社会そのものだった。犯人の男は、巨大で邪悪な力に操られた指人形のように見えた。その力の正体を私達は未だ見極めていない。

＊

誰でもいい、殺したいんだ
と男が叫んだ
私たちは答えて云った
「ご来店有難うございます」

誰か俺を止めてくれよう
男は泣いていた
私たちは答えて云った
「ポイントカードはお持ちですか？」

俺がここにいるってことに
誰一人気づいてくれない
男は呟いた
私たちは答えて云った
「一万円からで
よろしかったですか？」
そして深々と頭を下げた
絶叫を発しながら
駆け出してゆく男の背中に

（2008.7.29）

天変地異

二度にわたる東北地震、連日の猛暑、かと思えば不意のゲリラ豪雨。海の彼方に浮かぶ日本列島が、荒れている。まるで頻発する凶悪犯罪や汚職など、人間の非道な所業に自然が怒り狂っているかのようだ。

昔の人ならばすわ天変地異と神仏に祈祷を捧げ、鎮まり給えと呼びかけただろう。だが今はそんな真似はしない。自然は科学の領域であり、人間の係りはせいぜい地球温暖化くらいのものだと心得ている。

だが立ちこめる暗雲を見上げる眼差しに、今昔の違いはあるまい。むしろ合理の器から溢れた行き場のない感情が、意識の深層を浸してゆく。

人間もまた、ひとつの自然なのだ。私たちの心身の奥深くに、顕微鏡でもレーダーでも捉えることの出来ない陰微さで、山や川や空や海、そこに棲むすべての生き物に繋がるものが宿っている。物質と精神、宇宙と人事の区分けは近代の便宜に過ぎない。

神様も呪い師もスーパーマンもいない時代を、私たちは生き抜いている。その孤独を慰め、力を与えてくれるのも、私たちの裡なる自然に他ならない。その呼びかけに、いつでも耳を澄ましていたい。

*

その人の細胞のなかで
海が満ちてゆく
その人は黙っているけれど
海は少々波だっている

その人の頭蓋のなかで
星が瞬いている
いまその人が微笑んだのは
流星が駆け抜けたから

その人の臑骨のなかで
風が鳴っている
砂に現れては消える模様が
その人の来し方行く末

その人の視線のなかで
空が晴れてゆく
外は今日も土砂降りなので
雨宿りさせて貰おう

（2008.8. 未発表）

ストーカー判事その他大勢

判事によるストーカー行為、大学教授による痴漢、警察関係者による下着泥棒、小学校教員の覗き……その手のニュースを目にしない日がない。

そのたびに一瞬ぎくりとする。他人事とは思えないのだ。いや、彼らは私自身だとさえ思う。同情するつもりはさらさらないが、社会的には優秀でありよき家庭人でもあったろう彼らを操って、破滅へと追いやった黒い衝動は、全ての人間精神の深層を地下水のごとく繋いでいる。

その衝動をひと言で言えばエロスだろうが、行為への現れ方は様々だ。趣味や買い物などの物品に依存しているうちはまだいいが、一歩間違えばエロスはタナトスと結びつき、人を暴力と死の方へ駆り立てる。

金子光晴は戦時中に書いた反戦詩のなかで、「寂しさ」がこの国を覆い、戦争を引き起こすと言った。敗戦と共に吹き飛ばされたかに見えた「寂しさ」が、平成の閉塞の中で再び充満しているのを感じる。

ストーカー判事その他大勢は、地表から吹き出す瘴気のようなものか。閉塞を切開し、「寂しさ」そのもの満たす根本的な方策を、私たちはいまだ知らない。

*

ゴミ箱の陰から
目を光らせる野良猫も
広大無辺な氷原を
たったひとりで彷徨する
北極熊と同じ
宇宙の寂しさに耐えている

ヒトだけが耐えきれずに
紛らわせようとする
言葉で　金で　愛の振りで

一生にただ一度だけ
北極熊の牡と牝は巡り会う
その束の間の　生の
煮えたぎる熱狂から遠く
路地裏で足早に無言のまま
すれ違う男と女と
野良猫を
防犯カメラが見つめている

(2008.8.26)

失言問題

以前「消費者がやかましいから」と云って物議を醸した大臣が、今度は汚染米について「ジタバタしない」と発言して辞任する羽目に。むべなるかなだが、役人の心中を率直に代弁した正直な人だとも言えよう。同じことを「消費者の皆様の安全を第一に」とか「慎重に事態を見極めながら」などと言い替えればお咎めはなかったのだから。失言と巧言、本当に怖いのはどっちだろう。

うっかりした言い間違いに抑圧された深層心理が暴かれることを発見したのはフロイト、所謂 Freudian Slip だ。東洋の古人はそのことを「口は禍いのもと」と呼んでいた。確かに「沈黙は金」、黙っているにこしたことはないのだが、「思う事言わねば腹ふくる」のだから始末が悪い。

むしろ自ら理性の検閲を取り払って、魂の深部から汲み上げた言葉には霊力がこもる。即ち預言、呪文、詩歌の類いだ。子供や老人の何気ない一言にそれを感じることもあるが、そこにはその人の生きてきた全ての時が息づいている。

ＴＶでは新しい閣僚が口々に抱負を語っている。よそ行きの服を着て、厚化粧をした言葉達の行進だ。

＊

花は私に語りかける
その花芯の澄んだ青色で
風に揺れる葉先で
棘の痛さで

星は私に語りかける
その配列の頑なな不変さで
寒々と震える細い光で
明け方の傾きで

眼の前にひとりの人
薄っぺらい楯のような背中
蛇みたいに素早い眼差し
休みなく動く唇

言葉よ、悪いけど
一寸席を外してくれるかい
私はその人と
未生からの話があるんだ

（2008.9. 未発表）

教員採用汚職

大野晋氏によれば、古代の日本人にとって神とは「それぞれの場所や物事を支配し、超人的な威力を持つ恐ろしい存在」だった。そして神に対して人のなすべきは、第一にマツルこと、即ち山海の美味を捧げて喜ばせることであり、それを怠るとタタリが下ったという。

これに従えば採用試験の責任者など、まさに神。なにしろこちらの一生を左右する場所で、絶対的な力を発揮しうるのだから。だとすれば、金品を差し出してマツルのは善悪を越えた宗教的行為、そもそも国の政治ですらマツリゴトと称しているではないか……

と考えたかどうかは知らないが、渡した方も受け取った方も、それほど罪の意識はなかったのではないか。盆暮れの中元歳暮、入院手術の際の医師への「謝礼」、祀りの習慣は日常に満ち溢れている。

だがそのせいで落とされた人こそいい迷惑だ。正当に受かった先生ですら、白い眼で見られかねない。あ、それこそマツリを怠ったタタリなのか？　因みに仏教の伝来と共に定められた養老律令（715年）には、すでに贈収賄の禁止項目があるそうだ。

＊

天ツ神　現ツ神
荒ブル神　天照ス大神
日本はヤオヨロズの神の国

神は上　お上の代官
たてつけば唯では済まない
松の廊下の浅野内匠頭

ガミガミ文句を吐き散らす
古女房は山ノ神
障らぬ神に祟りなし

空に雷　地には狼
僻みやっかみ臍を噛み
とかくこの世は住みにくい

捨テル神　拾ウ神
鏡の前でほほえむ人の
洗い髪

（2008.9.28）

「痛いですか?」

十三歳の少年達は、マイクに見立てた木の棒を突き付けて、そんなインタビューの真似事をしながら、知的障害者に暴行を加え金を奪ったという。捕まった揚げ句の言い草は「自分より弱いものを苛めて、なにが悪い」

子供は恐ろしい。大人の姿をありのままに映し出してしまうから。弱者を搾取するやり方は、水俣病から後期高齢者医療にいたるまで、経済優先の我が国の国是の如きであるし、私たちの思考や言説はマスコミの決まり文句に支配されてしまっている。

そこへ今度は七十九歳の老婆が、行き暮れた末に人を刺したという報せ。助けてくれと叫ぶ代わりに人を傷つけるのは、他に自分の痛みを訴える術がなかったからか。どんな声も掻き消してしまう渋谷の街のあの狂騒が、国中の耳を聾しているかのようだ。

他国の戦車が攻めてきたわけではない。私たちは自分で自分を苦しめている。心よりも金が大切なのだと、互いに身を以て示し合いながら。そして誰かが耐えかねて悲鳴をあげると、助ける代わりに訊ねるのだ、レポーターの冷たい声音で、「痛いですか?」

＊

痛いですか?
あなたの口は開いていて
血が流れているのに
声は聞こえない

いつの間にか
人と人のあいだに
透明な壁が打ち建てられて
痛みが堰き止められて

痛いですか?
虚しく訊ね合ううちに
痛みはじりじり水位を増し
互いの喉に迫って

指先だけが必死で
探っている　苦しみの
一番底に沈んでいると云う
歓喜のハンマーを

(2008.10.29 未発表)

注：最終連はベートーベンの言葉「苦しみを突き抜けて歓喜に到れ！」を踏まえている

世界同時金融恐慌

リーマンブラザーズとは
一体どんな兄弟なのか。高
価な背広があったが、あり
ゃブルックスブラザーズか。
兄貴はのっぽで巻き毛だろ
うか。弟は喧嘩っぱやいソ
バカス面か。
　自分とは縁もゆかりもな
い兄弟が海の向こうで転ん
だと思ったら、一気に不況
がやってきた。大津波にで
も襲われた心持ちだ。グロ
ーバリズムという言葉も、
リーマン同様正体不明だが、
おっかないことだけは確か
である。かといって君子近
寄らずとは云えないのだか
ら始末が悪い。
　大体失われたものは何な
のか。数字の上の話じゃな
いのか。旱魃にやられた訳
でも、遊び呆けた訳でもな
い。昨日までと同じ世の中
なのに、貧窮はどこから湧
いてくるのか。
　こう言う時、持たぬ者ほ
ど気が楽かと云えば、現実
はその反対、真っ先に痛み
を蒙る。自ら欲に溺れた金
持ちの損は抽象的だが、罪
なき弱者は今日明日の糧に
すら事欠きかねない。
　文句を言おうにも、リー
マン兄弟の姿は見えない。
ちゃっかり子供に戻って、
実家の納屋で昼寝でもして
いるんだろうか、もう一度
アメリカの夢を見ながら。

＊

お父さん、世の中には
どうして貧乏だとか
飢えがあるの？
病気は仕方がない
老いや死も避けられない
でもお金や食べ物なら
まだ余ってるんでしょう？
生活が大変って言いながら
私たちご飯残してるよ
旅行だって行ったよ
社会ってそんなもんだって
云わないで、お父さん
あたし知りたいの
どうして　みんなで
同じご飯が食べれないのか
たとえケーキはなくても
冷たい雨の降る夜、
みんながぐっすり眠られる
空くらい大きな屋根って
どこにあるのか？

（2008.12.25）
注：この作品は杜甫の漢詩「茅の屋の秋風に破られし歎き」の「いずこにか得ん広き家の千万間
／大いに天下の貧しき士を庇いて倶に歓ばしき顔し」という一節を踏まえている

バラマキ

緊急経済対策の目玉として定額給付金の支給が検討されている。野党は「選挙目当てのバラマキ」だとして批判的だが、米国の大学で経済学を学んだ時、財政出動には実際に空から札束をばらまくに限るという説を聴いた覚えがある。公共投資よりも節税よりも公正な配分が期待でき、なによりも事務手続きが無用だと云うのだ。

　想像してみよう。麻生首相自らヘリコプターに乗り込んで、大黒様よろしく福袋に手を突っ込んでは札束を掴み出し、雲の上からばらまいてゆく。遥か彼方の地上では、高々と手を伸ばす狂喜乱舞の庶民たち。

　二兆円ばらまくのはさぞかし気分が良いだろう。だが下で（運良く）数枚の万札を鷲掴んだ方は、どれほどの元気がでるものか。むしろ祭の後の虚しさに襲われるのがおちではないか。

　不景気の根っこには未来への不安がある。それを一瞬の享楽で紛らわすことは不可能だ。老いや病いで生活が行き詰まった時、必ず救いの手が差し延べられるという安心こそが求められている。それがない限り、どんなにお札の雨を降らせようと、不毛の砂漠に吸い込まれるだけだろう。

＊

空から降ってくるものは
雨雪、ところにより放射能
ヒトデの形の流れ星
朝ごとの陽の光

空から降ってくるものは
鳩の爆弾　スーパーマンの
独り言、魔女の箒の
切れっぱし

空から降ってくるものは
死んだオヤジの笑い声
遠い田舎でひとり暮らしの
オフクロの背中

空から降ってくるものは
手にした途端に消え失せる
けれどなお人は空を仰ぎ
祈りの形に手を合わす

（2008.11. 未発表）

グッドウィル

英語でgoodwillと言えば「善意」の意味だ。介護サービスを提供する会社には誠に相応しい名前である。だが会社である以上は資本の論理に従わねばならない。そして資本主義における善とは利潤の追求に他ならない。

goodwillにはもうひとつ、商売上の「のれん」「信用」という意味もある。かつてそこには経営者のモラルが反映されていた筈だ。だが現状では「信用」もまた専ら儲かり具合によって判断されるようだ。

社会主義体制が崩壊したからといって米国流の資本主義が正しかったことにはならない。物質的な富と人間の魂との乖離はむしろ深まるばかりだ。今回の問題はその象徴的な例だろう。

欧州には中世以来貧者のための病院が残っていて、それらは天を指す教会の塔の傍らで地上の施しを具現しているかのようだ。別の文化圏では、衰えた老人が自ら共同体を離脱することで、霊的な豊かさを獲得することもあるらしい。

弱者となった自分に差し伸べられるものが、法律からも金儲けからも自由なひとりの人間の手であって欲しいと願うのは、ナイーブな夢に過ぎぬだろうか。

＊

マニ爺さん、歩けない
ここにはもう食べ物がない
ぼくらは遠くへ
行かなきゃなんない
どうすりゃいい？
爺さんの命とぼくらの未来

マニ爺さん、こう云った
わしはここに残るとしよう
せかせか生きてきたから
ゆっくりと死なせておくれ
水一杯と豆一掴みだけ
置いてってくれ

マニ爺さん、見つめている
自分の影と痩せた禿鷹
夕焼と焚き火と星屑
なんにも持たずに
なにもかもに囲まれて
マニ爺さん、帰ってゆく

（2008.11. 未発表）

父親殺し

　十七歳の少年が父親を刺し殺した。「人間としての」父に恨みはなく、自分の引きこもりを「打開するため」だったと言う。だとすれば随分観念的な犯行である。父親殺しは、ギリシャ悲劇の『オイディプス王』を初めとして古今東西の文学の重要なテーマだが、或いはその系譜に連なる村上春樹の『海辺のカフカ』でも読んだのか。かと思えばその二日後には別の十七歳による父親殺傷。こちらにも「引きこもり」が絡んでいるそうだ。

　フロイトによれば少年は誰しも深層心理において、母と交わり、その邪魔をする父を殺して大人になってゆくと云う。単純明快だが些か辻褄が合い過ぎているきらいもある。一方ユング派の河合隼雄は「家族とは命がけの実存的対決の場である」と云うが、こちらはカウンセラーの実経験に基づいているせいか、生々しく迫ってくる。

　外では鎧を纏っていても、家の中では互いに己を曝け出して生きている。口でどんな立派を云おうと、本当の「家族の会話」は裸の背中同士が交わすもの。私の息子も十八歳、彼の眼に私の背中はどう映っているだろうか。

＊

息子よ、母さんは
お前のためなら喜んで
自分の命を差出すだろうよ
だがオレはやっぱり
逃げ出すかもしれないなあ
そりゃあお前は可愛いいが
オレは父である前に
一匹のオスだもの
身勝手で怒りっぽくて
気宇ばっかり壮大なれど
悉く夢に破れた
たったひとりの敗戦の将
オレがしてやれるのは
せいぜい老いてみせること
髪抜け歯抜け魂抜けて
死んでゆく姿を
とくと見せてやれること
一生かけて体を張って
お前の露を払ってやること

(2009.1)

国家の非情・人の情

日本に不法入国したフィリピン人夫婦の間に生まれ、ずっと日本で育って来た十三歳の少女が、強制退去されそうだという。フィリピンには暮らしたことがなく、言葉も文化も分からない、まして友達など一人もいない。

と聞くだけで、もう身につまされてしまうのである。入国こそ合法だったが、こちらも同じ異国の暮らし、二人の子供は日本に住んだことがない。いま急に日本へ帰れと言われたら、二人はこの少女と全く同じ反応を示すだろう。ここミュンヘンが彼らの故郷であり、世間なのだ。友愛を育み、恋に目覚めるための柔らかな土壌なのだ。根を引っこ抜くには、まだ早すぎる……

入国管理局は退去期限を延長したものの「家族で一緒にいたければフィリピンに帰ったら」と云ったとか。それが法とは言え、国家とは非情なものだ。

だが級友たちは少女とともに街頭に立ち、一万数千の見知らぬ人々が署名を寄せた。たとえこの先なにがあろうと、その事実は少女に生きる力を与え続けるだろう。その情こそが、人の本当の故郷だから。どんな国境にも、それを奪うことはできないのだから。

＊

兎追いしかの山は
友の笑顔
小鮒釣りしかの川は
共に流す汗と涙

一人で生まれてきたくせに
心は淋しがり屋だ
裸で生まれてきたからか
ぬくもりを求めて止まない

見えるものはみな幻
手にとればなにもかも灰
心の中に咲く花びらだけが
いつまでも色褪せない

知らない土地でも
山は青き故郷
夢の一片を浮かべれば
水は清き故郷

(2009.1. 未発表)

円天

電子マネー円天商法が詐欺罪で告訴されたが、この事件の鍵の一つは「円天」という命名の妙であろう。「電子マネー」はいかにも怪しいが、「円天」は大らかな末広がり、語呂もよく、これを思いついた時点で円天商法は成功したも同然だったのでは。

加えて名物会長のキャラがある。こちらもいかがわしさプンプンながらどこか憎めない。時折の笑顔も懐かしく、政治家のつるんとした顔よりも余程味わいがある。「円天」の名付け親も彼だったのか？

一方その会長に群がりひれ伏すようにして、巨額の金をつぎ込んだ善男善女の姿は、哀れというより滑稽で、さほど同情も湧いて来ない。だが考えてみれば、電子マネーも一流企業の株式も、はては日銀が発行する本家本元の円も、信用の上に成り立った価値の幻想であることに変りはない。

一皮剝けば紙切れである。

コツコツと納めてきた年金だって同じことだ。そういえば年金と円天、有難そうな漢字二文字も、「最高ですよ、お兄さんもおひとつ如何？」と強引に誘われたところもよく似ているが、こっちは大丈夫でっしゃろな？

＊

ないよりは
ある方がいい
一より二　耳より話
多いに越したことはない

大は小をかねる
襷に長けりゃ切ればいい
袖がないなら小槌振れ
命短し恋せよ乙女

増えるは嬉しい
減るは寂しい
欲こそ生きているしるし
娑婆の沙汰こそ金次第

痩せた裸足の修行僧
夕焼けまとってナンマイダ
村の外れの土饅頭
ポチのくわえる骨の耳

（2009.3. 未発表）

母の言葉

最近、土曜日毎にミュンヘンの日本語補習校を訪れて、詩の授業をしている。相手はたいていお父さんがドイツ人、お母さんが日本人の子供たち。補習校へ通うのも、自分の言葉を我が子へ伝えたいという母親の希望によるものだ。この国で生まれ育ち、普段はドイツの学校で学ぶ彼らにとって、日本語は文字通り「母語」なのである。

拉致被害者田口八重子さんの一人息子が、金賢姫元死刑囚と面会したとき、その口から溢れてきたのは日本語だった。しかもその日本語は、他ならぬ田口さんが金賢姫氏に教えこんだものだった。つまり飯塚青年にとって、その言葉は、金氏の肉体を経て届けられた「母語」だったのだ。

「抱いてもいいですか?」「希望を持って」「お母さん」「生きていますよ」かつてどんな絶望のなかで、田口さんはこれらの日本語を異国の「生徒」に授けたことだろう。だが今その言葉が、成長した息子の耳元で繰り返され、その顔に希望の笑みを齎す。まるで最初からそう定められていたかのように。この母語の奇跡を、田口八重子さんご本人が知る日の来ることを切に祈る。

＊

勇ましい鬨の声は
祖父の形見
不義と非礼を戒めるのは
父の叱声
けれど独りきりの夜
貝になった耳に響くのは
母なる潮騒

父も　祖父も　その母から
口移しで授かった
この世で一番優しい調べ
乳房の向こうの
鼓動の韻律

たとえもう会えずとも
母は宿っている
生い茂る言葉の一枚一枚に
夕暮れ口を噤むとき
しじむらのしじまのうちに

（2009.3）

俺は男だ!

　日本を離れてはや二十余年。東国原知事だの橋本知事だのと言われてもピンとこないが、森田健作なら覚えている。俺は男だ! 青春だ! 当時の僕は紅顔の美少年。父母はちょうどいまの僕の歳。日本は高度成長真っ盛り。

　思えば遠く来たもんだ。夕陽に向って波打ち際を走っていたアンちゃんが、今や千葉県知事だとは。ニュースの伝えるその顔は、見覚えのあるようなないような、なんとも言えぬ老けた童顔。思わず自分の顔を鏡に写して覗きこむ。

　歳月の爪跡は歴然だが、その背後にあるのは成熟なのか、衰退なのか。自分を棚に挙げて、海の向こうから祖国を望めば、タレント知事に二世政治家、少子高齢年金崩壊汚職詐欺失業自殺の見出しが踊る。

　新知事は相変わらず威勢がいいが、どこか取って付けた印象は否めない。こんな時代に声高なものは空々しい。いっそ土手のぬかるみの無言の方が胸に沁みる。人も国も形あるものはすべて滅びる定め、青春の幻は追うまい。むしろ荒れ野にどんな種子を残せるか。未来への発芽と引き換えならば、この身(実)の滅びもまた楽しからずや。

*

四月に私は
私を生んだ女を見送り
四月に私は
私の子を生む女と出会った

足元で土はぬかるみ
頭上に花は降りかかり
四月に私はなされるがまま
死と愛に両手を取られた

いま土はひび割れ
根こそぎ木々は倒され
私は一本の傾いだ杭
荒地に影を投げ遣るばかり

四月がやってくるたびに
私の中で花が舞い散る
四月が去ってゆくたびに
私の中の泥が目覚める

(2009.4. 未発表)

新型インフルエンザ

　すでに旧聞に属するが、5月上旬に帰国したときの成田は物々しかった。サーモグラフィーの銃口を突きつけられて、水際の検問を潜り抜ければ、自分がウィルスになった気分。

　そのあと関西を訪れると、街じゅう白マスクの月光仮面である。ひとりだけ素顔でいるのがなんとなく後ろめたい。ところがどこもかしこもマスクは品切れ。恐怖を感じた。

　罹患が怖かったのではない。我が同胞の右へ倣え、集団パニック的な気質が不気味だったのだ。ウィルスという外部者を前にして、一瞬にして個が消失し、全体という生き物が現れる。そこには表情がないから、取りつく島もない。

　戦争中もこんなふうだったのだろうか。当時も人々はマスクならぬ防空頭巾の内側に息をひそめ、眼だけを光らせていた。B-29の機影に、特高の靴音に、そして（マスクをしていない）「非国民」に。

　「水際作戦」が幻想であることは世界の常識。だが非常時にはその常識が通用しなくなる。獅子奮迅の活躍の厚生労働大臣を観ていたら、「神風が吹く」という声が聴こえてきた。

＊

ぼくはウィルスになりたい
理性の検疫をくぐり抜け
言葉の綾に紛れ込み
あなたの喉チンコの奥深く
入ってゆきたい
心と体の結ばれた部位で
あなたを発熱させたい
時々咳きこませたい
あなたがぼくを我知らず
繰り返してくれるよう
ぼくはウィルスになりたい
あなたの免疫系の中で
突然変異したい
細胞壁を打ちこわし
遺伝子ごと一つになって
それから鳥に伝染って
空を翔けたい……

あなたのマスクを
ぼくは取ってしまいたい

（2009.7.10）

マニフェスト

　外国暮らしも二十余年、普段は住めば都、遠い親戚よりも近くのドイツ人、で過ごしているが、時々ふっと怖くなる。自分と西洋人の間には、決して越えられない溝があるんじゃないか。

　風俗習慣や、言葉の壁ではない。自我の成立ちそのものの本質的な違いである。彼らは徹頭徹尾言葉で出来ている。まさに「初めに言葉ありき」。対して私は、心の底では言葉を信じてないらしい。言葉は単なる方便で、自分は言葉を超えた、自然とも空（クウ）とも呼ぶべきものに根ざして、生きていると思っているようなのだ。

　詩歌にもその二種類があって、片や石に刻まれた文字の詩、片や舌先から放たれて虚空に綾なす声の歌だ。日本の詩の伝統が後者にあることは言うまでもない。

　だが政治の言葉までそうであっては困るのだ。その場凌ぎではなく、存在の核から行為とともに滲み出る言葉、それこそがマニフェストの名に相応しい。政局に右往左往する政治家の唱える政策は、お経に聴こえる。真の議会民主主義を実現するには、まず私達自身が言葉の重みを信じ、それに対する裏切りを厳しく糺してゆかねばならない。

＊

本当の言葉は選べない
言葉が人を選ぶのだ
本当の言葉は胸の奥底の
洞窟から谺のように響いて
自分を驚かせる

たとえそれが
愛の告白であろうと
諍いの果の罵りであろうと
本当の言葉は魂の刺青
取り消す術はない

本当の言葉は涙に似ている
笑いにも　悲鳴にも
心と躯がひとつになって
宙に舞う命の結晶
本当の言葉が放たれるとき
世界は（そして詩人も）
口を噤み耳を澄ます

（2009.8.7）

現行犯

先日一時帰国した際、目の前で男が逮捕される場面に出くわした。現場は駅構内の上りエスカレーター、容疑は盗撮、被害者はふたり連れの女子高生である。

すぐ前を歩いていた彼女らのスカート丈が、異常に短いことに私も気づいてはいたのだ。若さを奔放に曝け出すのはいいけれど、その出し方は画一的で、一見自由を装ったこれも制服の一種ではないか……などと考えている隙に、サラリーマン風の男が少女たちと私の間に立っていた。次の瞬間、御用である。

取り押さえたのは私服の若い刑事ふたり、男の隠し持ったカメラを素早く取り上げ、被害者に微笑みかける姿は、いかにも正義の味方、劇画の主人公のようだ。

娘たちは「ウッソー、やだー」と黄色い声をあげ、可愛いばかりで、緊張感というものがまるでない。

中間で、男は薄ら笑いを浮かべたまま凍っていた。頭の中が真っ白になっているのが分かった。たった今、彼は人生を棒に振ったのだ。それほどまでにして、スカートの奥に何を見たかったのか。久しぶりのニッポンの、精神的な荒野で演じられた、悲しき劇の一幕。

*

ある日、男が
一瞬の出来心から一生を
台無しにするのを見た
別の日、別の男が
祖国の独立のために
命を賭して闘うのを見た

私は野次馬
いつも人垣の陰から
こっそり覗き見るだけ
紙芝居の前の子供のように
眼を輝かせ笑みを浮かべ
我を忘れて

地を這う蟻は知る術もない
空の青さ　星の瞬きを
私は野次馬
どんな罪からも劇からも
自由なつもりで
汗を拭って歩み去る

(2009.9.9)

若者撃退

　若年層だけに聞こえて、中年以上になると聞き取れない特殊な音があるそうだ。甲高い、蚊の羽音に似た17ｋＨｚの周波数で、通称モスキート音。

　役所がこれを使って夜中に群騒ぐ若者退治に乗り出した。科学的で、自分の手を汚さずに済む所が気にいったのか。だが人間を害虫のように駆除しようという発想はグロテスクだ。

　そもそも公園から追い出された若者が、おとなしく家に帰るだろうか。役所だってそれは承知のはず。うわべさえ取り繕えればいいという姿勢が透けて見える。そういえば近年の日本は、抗菌ブームでもあったっけ。

　ドイツにも、行き場のないエネルギーを抱えた若者は大勢いる。だが若者とはもともとそういう存在だと認識した上で、大人たちはその野生を上手に掬いあげる努力を怠らない。スポーツ大会や祭が頻繁に催され、時には朝まで思い切り騒げるように、青少年が使える施設がある。

　虫や菌と違って、人を除去することはできない。ふたをしたって、いつか必ず暴発する。向かい合うほかないのだ。彼らは私たちの未来そのものなのだから。

＊

17ｋＨｚは夏の夕暮れ
蚊の鳴く声と花火の轟き
17ｋＨｚは届かぬ思い出
叢を這う蛇のかさこそ

老いた耳には聴こえない
かすかな日々の残響
儚い命の衣擦れ

けれどなお耳は澄ます
暗い夜道の迷子のように
慰めよりも　むしろ
赦しを求めて

17ｋＨｚは苦い悔恨
取り戻すすべとてない
17ｋＨｚは遠い唄声
涙を拭いて眠れとや
夢のうつつによみがえる

（2009.10.16）

五十年目の変革

　鳩山政権が発足して約二ヶ月、澱んでいた水が勢いよく流れ出した観がある。なにしろ五十年ぶりの政権交代だ、満を持しての放流だろう。流れの方向には異論もあろうが、少なくとも水は澄み力を生み出す。

　明治維新の時も敗戦の時も、社会の仕組みは大きく変わったが、それらは外からの圧力に強いられたものだった。対して今回は、国民の意思で自らを変革する決意をした。これは革命の名に値するものではあるまいか。

　思えば西欧の近代史は革命の歴史でもあった。一二一五年の英国マグナカルタ憲章以来、王と人民の間で絶え間ない権力の綱引きが行われ、夥しい血が流されてきた。主権在民が単なる理念ではなく、都市の瓦礫と篝火の産物であるということを、人々は肌で知っている。それが脅かされるとき、彼らは再び躊躇なく銃を手にするだろう。

　人間が閉じられた系であるならば、自己変革は不可能な筈だ。それが出来るということは、自身の内に自らを超越したものを宿している証であろう。宗教でも独裁者でもない内なる権威を、私たちは見つけ出してゆかねばならない。

*

今年で私は五十歳
歯抜け目霞み耳衰えて
生まれ落ちた時とは
似ても似つかぬ姿だけれど
さて中身はどうだか?

魂は卵に似ている
目鼻のないのっぺらぼう
自分で変われと言われても
手も足も出せませぬ

仕方なく魂は転がりだす
悲しみの谷を下り
歓びの丘を駆け上がる

いつか死の優しい指先が
そっと卵を受け止めて
雛を孵してくれますように
空に還してくれますように

（2009.10. 未発表）

郵政見直し

　ドイツは郵政民営化の先進国である。一九九五年には株式化され、以来積極的に事業を展開してきた。

　私が九四年に移住してきたのは小さな農村だったが、郵便局はあった。だが数年後には文房具屋の一角に吸収される。民営化の一環である。別段不便はなかった。

　五年前、近くの町へ引っ越した。こちらにはプールや美術館まで揃っていて、独立した郵便局も残っていた。私は原稿や本を抱えて週に一度は足を運んだ。私にとってそこは外界へと開かれた陸の港だった。

　その郵便局が先月閉鎖され、スーパーの一角に間借りすることになった。家からは近いし、買い物のついでに用を足せるので以前より便利ではある。

　だがかつて独特の静けさと威厳を纏っていた職員が、大根やソーセージに囲まれて働いているのを見ると、胸が痛む。郵便を扱うという行為には、日常を超えた聖性があったと、今にして知るのである。

　メール全盛の今日、時代錯誤も甚だしいと言われそうだが、人生には手紙でしか書けないこともあり、それに相応しい場所があってほしいと思うのである。

＊

郵便配達夫が歩いてくる
待ち焦がれていた
返事？　晴天の霹靂の
悪い報せ？

郵便配達夫が歩いてくる
ラブレターと離婚届
出産祝と香典返しと請求書
見知らぬ他人の人生を
掻き混ぜながら

（届けることだけに夢中で
事の顛末には無頓着な
飛脚の足取り）

ある晴れた日に
一人の配達夫の姿を纏って
「運命」は
私の扉のベルを鳴らした

（2010.1.10）

朝青龍引退

ドイツのTVをつけたら相撲中継をやっていた。英国人らしきアナウンサーが「Oshidashi!」などと叫びながら本格的な解説をつけている。欧州にも相撲ファンは多いらしい。

今回の朝青龍引退も地元各紙が報じた。モンゴルでは国民感情が刺激されたようだが、欧州ではあくまでも暴行事件を中心に据え、被害者の傷の深さを詳細に伝えている。

日本では事件そのものへの責任よりも「品格」や「体面」が問われたようだ。つまり法律とは別に、角界独自のモラル基準が存在し、朝青龍はそれに適合出来なかった。平たく言えば掟を破り、仲間の面汚しをした訳だ。

だがその掟は明文化されておらず、処罰は長老の手に委ねられる。伝統とはそうものかもしれないが、これは怖い世界である。法とは別の次元で裁かれる閉じた集団。日本では会社や学校や近所付合いでも、その傾向が強いのでは。

その点詩人は気楽である。畢竟、上手下手の区別しかない。実はそれが一番怖いのだが、その判断は国や時代を超えて開かれているので、ジタバタしても仕方ないないのである。

＊

彼奴は村のはぐれ者
腕も強いが気性も荒い
はたの迷惑どこ吹く風でしたい放題やり放題

若さ強さに免じてきたが
仏の顔も三度まで
「とっとと失せろ！」
寄ってたかって追い出した

村は平穏取り戻し
品行方正　一致団結
互いの顔まで似寄ってきて
誰が誰とも見分けがつかぬ

「結構いい奴だったな」
欠伸まじりに一人が言えば
「あ、いい奴だった」と
寸分乱れぬ蛙の合唱

（2010.2.25）

普天間基地

子供の頃時折岩国を訪れた。美しい川の町だが、そこには「キチ」があるのだと母は言った。その口調にひそむ不安と恥の感覚を今も覚えている。

普天間基地の行方が取沙汰されている。辺野古へ移すのが「現行案」だそうだが、そこにも海はあり人が住んでいる。一体、何が変わるのだろう?

「県外移設」にしても同じことだ。日本中どこへいっても日常は営まれていて、基地はそれを脅かす。何故なら基地の本質が戦闘と殺戮にあるからだ。

そもそもこの問題の〈主語〉は何なのか。普天間住民、沖縄県民、それとも日本国民?自国に他国の武力が存在すること自体が問題ならば、グアムにでも移転して貰うほかあるまい。

だがグアムにだって子供はいる。主語を「民間人」とした瞬間、問題は地球全体に拡大し、解決は戦争の永久放棄でしかあり得なくなる。カントが二百年前に唱え、日本が半世紀前に国是としたことだ。

普天間問題は複雑だがその根本は絶望的なばかりに単純だ。人類はなお殺し合い、怯え合って暮らしているのである、たったひとつのこの星の上で。

*

私の胸には痣があります
小さな、けれど
くっきりとした青い痣
ふだんは痛くはありません
けれど押すと
鈍い痛みと共に蘇る
遠い悲鳴
闇を貫く銃声と
燃え上がる村　迸る血
不思議なことです
平和しか知らない筈なのに
私の胸には痣があります
洗っても擦っても
消えません
お団子を食べている時も
恋人と手をつないで
夜の浜辺を歩いている時も
月の光をいくら浴びても
私には痣があります

（2010.3.12）

トヨタの涙

米国公聴会におけるトヨタ社長の証言を、欧米に暮らす日本人は複雑な心境で見守ったに違いない。

正義の剣を振りかざし、情よりも論理を押し立て、汝と我の対立を恐れぬ議員らは、欧米における対人関係の本質を具現していた。その只中で独り立ち竦むトヨタ社長に、祖国を離れて孤軍奮闘する己の姿を重ねた方も多かったのでは。

証言の後、系列のディーラーや社員の声援を受けて、社長は思わず落涙したが、日本人なら誰しもその気持ちは痛いほど分かる筈。一神教的な個人主義に怯えきっていた自我が、擬似家族的集団の懐に抱かれたのだ。まさに地獄に仏の思いであろう。

斯くして社長はオラが村さへ帰っていったが、帰るあてのないものもいるのである。彼らはその場に踏ん張って生きてゆかねばならない。泣いてしまう訳にはいかぬ。

明治開化以来百四十余年、欧米に追いつき追い越せで築き上げてきた近代的自我が、実は張子の虎では困るのだ――といきがってみても、いざ自分がその場にあれば、やっぱり泣くかも知れない。「複雑な心境」とは凡そこういう事を謂うのである。

*

丘の上で耳を澄ます
ひとり空に耳を澄ます
幼い私を呼んで下さった
あの声を求めて

春の日の彼方に耳を澄ます
目を閉じ　頭を垂れて
深い吐息のような
あの声の谺――

もう帰っておいで
おまえはよおく遊んだよ
さあおうちへ帰っておいで
と、呼んで欲しくて

けれども声は聞えない
ただ夕暮れ空に
無言の風が吹いているだけ
そっと肩を撫でてゆくだけ

（2010.4.22）

秘密の約束

密約はやっぱりあったのだそうだ。核は暗黙のうちに持ち込まれ、沖縄は莫大な金で買い戻されていた。

そう聞いて驚く人はよほどのお人好しだろう。子供心にも、非核三原則をめぐる政府答弁は白々しく芝居じみて聞えたものだ。誰もが気づいていながら臭いものに蓋、見て見ぬふりをしてきたのではなかったか。

むしろ驚きは、密約の存在が立証されたということだ。米国の情報公開がきっかけとなり政権交代が検証を促したとはいえ、これほど明快な判決が出るとは思ってもいなかった。それくらいお上に対する不信感が強かったのだろう。

それにしても歴代の政府と官僚は、嘘に嘘を重ねて何を守ろうとしたのだろうか。自らの権力か、米国のご機嫌か。いざ暴かれてみれば、民を欺き天に唾してまで隠し通す動機が薄弱である。意を尽くせば通ずる道理があったはず。

お国のためを思えばこそ、と嘯く声が聞えてきそうだ。すると歴史という法廷は驚いて問い返すだろう。「どの国のことですか？　その国は一体誰のものなのですか？」と。

＊

いやよ　駄目なの
分かって頂戴
拒んでみたけど押し切られ
泣いたふりして囁いた
内緒よ誰にも言わないで
二人っきりの秘密にしてね

裏切りは蜜の味
後ろめたさに身が火照る
嘘の絆にがんじ搦めで
あんたとあたい　一蓮托生
阿吽の呼吸で口裏合わせ
これがほんとの
〈成熟した大人の関係〉※

いつかきっとバレる
白日の下に暴きだされる
分っても止められないの
罪の花咲く修羅街道
手に手をとって転びゆく

（2010.5.21）

注※　細川元首相の「新しい」日米関係を評した発言。

口蹄疫

以前住んでいた家の向かいはドイツでも有数の肉屋で、夜明けには時折鋭い牛の鳴き声が聞えた。それは痛々しくも厳かな響きであった。夕べには、彼らの恵みの一片が、我が家の食卓にも並ぶのだった。

十五万頭もの牛や豚が殺処分されると聞いて、咄嗟に思うのは「勿体ない」である。大半はまだ食べても害はないのだろう。餓えている人々が大勢いるのに、なんとかならないものか――などと思うのは畜産事業の現実を知らぬ者の戯言である。だが一連のニュースの中に「ブランド」などという言葉を聞くと違和感を禁じえない。

反対に、自ら育てた牛の前で悄然と頭を垂れる農家の方の姿からは、損得を越えた悲しみが伝わってきて胸を突かれる。事の核心が、生きとし生ける者の命と魂に係るということに改めて気づくのだ。

殺処分という言葉の響きは殺生に似ているが、前者には後者に込められた悔やみと鎮魂の思いは感じられない。私たちは十五万という数字を処分するのではない。数えることのできぬ命を供犠に供すのだ。せめてその叫びを、この耳で聴き届けてやりたいと思う。

*

十五万頭の
その一つ一つの
濡れた眼に映った空の下で
我らまた目を覚まし

十五万頭の
その一つ一つの
蹄の踏みしめた大地の上で
我ら今日も右往左往

十五万頭の
その一つ一つの
鼻先の嗅当てた春の息吹を
骨とともに燃やして

我らのみ生き残る
十五万頭の
分ち難い唯一つの魂の
飛び立った後の巨大な洞に

(2010.6.20)

高齢者所在不明

ついこの前まで「消えた年金」に騒いでいたと思ったら、今度は人間自身が消えて、年金の方はちゃんと払われていたという。

一体何があったのか。ただの記録である年金と違って、人間には実体がある。死んだって消えやしない。

「会ってない」「出て行った」「知らない」家族のコメントも曖昧模糊。そのしれーっとした脱力感がなんとも薄気味悪い。

その点即身仏になった方の所在は明瞭である。だが三十年間その部屋を開けなかったという家族の心が見えてこない。金銭的な損得勘定だけでは説明のつかない、朦朧たるガスが立ちこめているようだ。

老人たちはそのガスの中へ消えていった。そのガスの源を辿ろうとすると、血縁から地縁、そして事態を放置した行政を介して国全体へと拡散してゆく。私達自身が、知らぬ間にそのガスを放っているのか。

人の振りみて我が振り直せ。たまに様子を伺うものの、普段は私も老父のことを忘れて暮らしている。祖父母の葬儀には駆けつけもしなかった。縁に縋って生きながら、己にかまけてその糸を見失う。「蜘蛛の糸」の戒めを思い出そう。

＊

こんなにいっぱい
荷物を抱えているのに
一番肝心なものを
忘れてる気がしてならない

母ならとうに弔った
父とは電話で喋ったばかり
妻子らは目の前にいて
曲がりなりにも一家団欒
なのにこの背中の
うそ寒さはなんだろう？

誰かを置き去りにしたまま
歩いてきてしまった
生まれなかった
赤子だろうか　道端に蹲る
名も知らぬ女だろうか
坂の途上で立ち竦み
見えない霰に打たれている

（2010.8.25）

尖閣諸島問題

先日飛行機に乗りこんで離陸を待っていたときのことだ、隣に座っていた中国人の男が突然怒り始めた。頭上に収めた彼の手荷物を、別の乗客が勝手に動かして自分の荷物を押し込んだというのである。

「ここは俺の領域だ。俺の荷物を元に戻せ！」金切り声で喚きたてる男の剣幕に、機内は静まり返った。

怒られたドイツ人青年は、落ち着いた様子で男に非礼を詫びた。付近の乗客たちが協力して新たな収納スペースを捻出し、飛行機は無事出発した。

男は憤然たる表情のまま新聞を読み始めた。その横顔からはこんな呟きが聞こえてきそうであった。「俺は世界に向かって堂々と自分の権利を主張し、見事に失地を回復してみせたぞ。欧米人恐るるに足らず！」

尖閣諸島問題を巡って日本を非難する中国政府と、その日本政府の対応を弱腰だと糾弾する同胞の姿を見ていると、あの中国人男性のことを思い出す。彼の言葉に理屈はあったかもしれないが、品位と度量に欠けた。一方ドイツ人青年に向かって無言で差し出された人々の手は、国際社会というものの在り方を具現しているかのようだった。

*

あの雲の領有権は
教室の窓際で頬杖つく
少年の素早い鼓動に託そう

団栗拾う幼子の歓声は
木漏れ日と共に降りそそぐ
死者達の眼差しに

どこへ持ち去る積りなのか
金銀美酒を奪い合って
爪立てる我らの手

時は柔かな肉を洗い流し
記憶の骨の耳だけを
岸辺の砂に残してゆくのに

ふたりの影が
溶けゆく夕焼の制空権は
星の無限に委ねよう

(2010.10.24)

ＪＡＬ再建

倒産寸前の大赤字に陥った日航の窮状を救うべく、パイロットや客室乗務員が路上でビラまきをしたという。危機に瀕したとき、情緒的で演技的な行動へと走るのは我々の国民性らしい。竹槍でＢ‐29に立ち向かおうした姿が重なる。

欧州にもその国を代表する航空会社というものはあるが、日航にはとりわけ「お国」のイメージが強かった。尾翼の鶴と主翼の日の丸は、文字通り国威を担って空高く発揚した。オリンピックや万博同様、日航も高度成長と国民的一体感の象徴だった。

だが国名を冠した「日本航空」よりも、ギャルに似た語感の「ＪＡＬ」が耳に馴染むようになった頃から、状況は変り始めた。グローバルな市場が国境を消し、国民という概念は個人の格差のなかに埋もれていった。ＪＡＬの失墜はその変化に気づかなかったが故ではないか。

思えば四半世紀前、私が初めて国を出たときも日航だった。常に墜落の危機に晒されながら、辛うじて虚空に浮かんでいるのは企業も個人も同様だ。ＪＡＬの再生を祈りつつ、私は私で、心身の変化に対応した新しい飛び方を見つけることに励むとしよう。

＊

空の上から見下ろす地上は
まるで真昼の夢のよう
山から海へＳの字描いて
銀の蛇が這ってゆく

あの川のほとりで
土筆を摘んだこともあった
嘘をついたことも

空の上から見下ろす地上は
誰もいない人形の街
笑いも叫びも聞こえない
血も涙も見えない

雲の上から見下ろせば
なにもかもが奇麗事
己が罪を忘れて
気休めのベルトを締めて
天女の差し出す紅茶を啜る

（2010.11.18）

ナニガ、ミエルカ?

先日帰国した際、テレビで事業仕分けの様子を観た。仕分け人の男性がしきりに「ミエルカ」と言っている。一瞬戸惑った後で、「見える化」つまり「可視化」のことだと分かった。

表意文字の漢語だと、耳で聴くだけでは菓子化だか仮死化だか分からない。だが大和言葉には、目で見なくとも音で意味を伝える力がある。これも「見える化」の一種だろうか。

「可視化」という言葉を最初に聞いたのは、警察での取調べの透明化に関する議論であった。冤罪被害や証拠捏造の話を聴くと、密室の恐ろしさをつくづくと思い知る。そして表面的には眩い照明に満ちたこの国の孕む、闇の深さに気づくのだ。

などと考えているうちに、今度は中国漁船衝突ビデオが流出した。こちらは国家機密の「見える化」であり、犯罪性すら問われたが、そもそも隠すことで何を得ようとしたのか、さっぱり見えない。

どうも人間の作り出す闇はセコイ。だがその人間が生まれ出で、そして消えてゆくのは、永遠なる真の闇だ。それをこそ「見える化」したいと願うのは、生きる者の業であろうか?

＊

宇宙《てん》にまします
母なる闇よ　願わくば
地上の我らに、暫し
光をお許し下さいますよう

あなたから光が生まれた
その光に映し出されて
我ら人の形を纏い
この世の色を眺めています

束の間の明るみに
善と悪の区別を学び
花の盛りに目を細めたり
尽きせぬ欲に目が眩んだり

闇なる母よ　我らみな
御許へと帰ってゆきます
その腕の優しからんことを
その胸の深かからんことを

(2010.12.21)

タイガーマスク

　タイガーマスクを名乗る匿名の寄付をきっかけに、全国で同様の善意の輪が広がっているという。ランドセルや自転車を貰った孤児らはさぞ嬉しいだろう。

　だがどこか違和感の残るニュースである。人の役に立ちたいという気持ちに嘘偽りはあるまいが、マスクの影に顔を隠すことでかえってメディアの注目を惹くという計算高さを感じるからか。善意と悪意、動機は正反対でも、正体を潜めて世間を騒がすという構図は、たとえば食品に針を入れるという悪戯と同じだからか。

　無名の善行は気高いが、無名性そのものが孕む怖さもある。顔のない他者とは、対立であれ融和であれ、関係を持てないからだ。

　フランスではイスラム教徒の女性に、ベールの着用を禁じたが、その理由は、個性の隠匿は社会秩序を脅かすというものだった。顔を晒し、名を名乗ることが社会に参画する基本条件なのである。

　翻って私達の「世間」では、むしろ無名が尊ばれてきた。出る杭は打たれ、鷹は爪を隠す。それはひとつの美徳だが、無名は無明にも通ずる。善意も悪意も等しく孕んだ深い闇を、巨大な仮面が覆っている。

*

おかめ　ひょっとこ
仮面の告白
みざる　きかざる
知らぬが仏

蛙の面の鉄面皮
どこ吹く風の頬被り
能面かぶって氷の微笑
陰で舌だす　あっかんべー

月光仮面だ　怪傑ゾロだ
己殺して世間を渡る
顔も名前も分らなければ
言いたい放題やり放題

電車の中でも
白いマスクで口元隠し
咳する人をじろりと睨む
名もなきウィルス

（2011.1.21）

新燃岳噴火

　新燃岳の噴火が治まらない。連日降り注ぐ灰が農作物を覆い、雨が降ることに土石流の恐怖に怯える。地元の人は生きた心地がしないだろう。

　ここドイツには地震がない。表面こそ氷河の運んできた石灰土だが、その下は分厚い岩盤、まさに磐石の構えである。そういう場所では地動説は馴染みにくい。足場は確乎として揺らぎなく、世界は自分の周りを巡っている。西洋で人間中心主義が興ったのには、そんな地質学的な背景もあるかも知れない。

　翻って地震国である日本では、古代から地底と言えばマグマを想い、そこに気紛れなナマズを住まわせたりもした。浮世はその上を流れる儚い仇花、侘び寂びもののあわれとは、万物流転の美学であろう。

　着のみ着のまま避難して、不安な夜を過ごす人々の姿に、私達は自らの生の実相を見る。たとえどれだけ財を積もうと、一寸先は噴火口、黄泉への亀裂が開いている。

　だからこそ、夜空に舞い散る火花が、かくも目に眩しいのだろう。あの輝きもまた私達の命そのもの。生きている限り、その一瞬に賭けるほか道はあるまい。

*

大地は呻いている
月満ちた妊婦のように
大地は歎っている
炎の力に突き上げられて

大地は泣いている
喜怒哀楽の区別もつかずに
大地は叫んでいる
闇を貫く産声さながら

こんなに虚ろな広がりに
ひとりぼっちで
透明な大気の肌着一枚
纏っただけのあらわな姿で

大地は笑っている
瞳に星々の光を宿して
大地は歌っている
生きとし生ける全ての声で

（2011.2.24）

八百長

　野球賭博に揺れていた角界で、自身の八百長が発覚した。以前より疑いの煙は上がっていたが、今度は動かぬ証拠があるようだ。やっぱり火のない所に……と思った人も多いのでは。

　むしろ驚くべきは、賭博行為自体の盛んさだ。野球や相撲は違法だが、競馬競輪競艇はお上が賭場を仕切っている。自分の手におえない他人の勝ち負けに賭けて、一体何が面白いのか、私などには謎である。

　欧州では、選挙の結果から天気までが合法的賭博の対象である。私の知人にも、自宅のパソコンから、贔屓のサッカークラブの応援代わりに小銭を投じている人がいる。

　小銭がいつしか大金となり、見境を失ううちに、闇の世界が舌舐めずりして寄ってくる。八百長に係った力士らは、本来賭けの対象であったのに、そこに渦巻く暗い欲望に我が身を売り渡した。その指先に操られる駒となることを、自らよしとしたのだ。

　わざと負けることで、力士らは何を勝ち取りたかったのだろう。それもまた一つの賭けだったのか。だが落としたのは、土俵の上をはるかに越えて、人生そのものの星だった。

*

男は賭けた
目の前にいる一人の娘に
女は賭けた
自分に賭けた若者に

ふたりは賭けた
やがて生れてきた赤ん坊に
その夜泣きとハイハイと
まっさらな笑顔に

仕事に賭けた　夢に賭けた
週末ごとのささやかな
幸福に賭けた
歳月の賽は転がり……

一組の翁と媼
賭けたのは夫々の生
手元には掴めぬ思い出
勝ち負けはついに問われず

（2011.3. 未発表）

放射能

　四歳の時、大阪から広島へ移り住んだ。祖父が原爆について話した「百年間は草木一本生えないと言われたが……」という言葉が鮮烈で、実際に目にした緑滴る広島の背後に、放射能を帯びたヒロシマを想像しないではいられなかった。

　広島で得た友人たちには、死の灰を浴び、後遺症の恐怖と共に暮らす親を持つ者もいた。教室では彼らと席を並べて、原子核の構造と、それが崩壊する時に放たれる巨大なエネルギーについて学んだ。

　世界は西と東に二分され、冷たい対立のなかで、全面核戦争による終末のイメージが増殖していた。石油ショックなるものが中東から押し寄せて、母親たちはなぜかトイレットペーパーを奪い合った。

　巷には原発反対のポスターが貼られていたが、自分には無縁のことだと思っていた。やがて冷戦の壁が崩れ、世界はにわかに液状化し、石油利権を巡る戦争とテロの時代が始まった。

　そして地震と津波がやってきた。今になって、ばらばらだった欠片が、一つの像を結んでゆく。武力と燃料、その両方の切札として放射能を弄ぶ種族の群像――。その中に私もいる。

*

覗きたかった
この世のすべてを大元で
束ねる核の内側を

掴みたかった
星を丸ごと吹き消すほどの
破壊の力を

見つけたかった
尽きせぬ熱と光の泉を
痩せた大地に

割目ひとつない
鉄の処女の子宮のような
禁断の智恵の実の種

まだ砕こうとしている
神を夢みた猿の
尖った爪先

（2011.4.29）

日本復興

　東日本大地震からの復興が急ピッチで進んでいる。すでに九割方の生産設備が平常並に稼動しており、経済成長率の回復はリーマンショックの時よりも早期にして堅調だという。諸外国は震災直後の日本人の振舞いに舌を巻いたが、復興の目覚しさにも賞賛を惜しまぬだろう。

　復興は自然の災いを、我国の未来への福に転ずる貴重な機会でもある。東北に経済特区を作る等様々な意見が出されているようだが、一人の詩人として私からも提案したい。復興計画の中心に〈子供〉を据えようではないか。

　都市設計であれ、首都機能の分散であれ、子供が安全に暮らし、活き活きと遊べる環境を最優先して欲しい。それは自ずと災害対策にも自然保護にも通じるであろう。長期的には少子化を食い止め、経済の発展にも貢献するはずだ。逆に言えば、どんな復興計画も、未来を担うべき子供なしでは絵に描いた餅である。

　沿岸部に密集した都市や原発への依存など、今回の震災は経済効率一辺倒だった戦後日本の在り方に根本的な疑問を突きつけた。子供の目と心を通して、その歪みを正してゆきたい。

＊

詩は一人の子供
自分ではなにもできない
ただ大きく目を開いて
シャボン玉を見上げるだけ

子供は一篇の詩
難しいことは言えない
小さな声で歌うだけ
涙と笑いの合間を縫って

過去もなければ未来もない
あるのは今この時だけ
ポッケの中で混ざり合う
終わりと始まり

詩は子　子は詩
垣根を壊し自由を肥やし
詩と子は大人の手をとって
丘の向こうへ走り出す

（2011.5.30）

原発ビジネス

3・11以来止まっていた外国との原子力協定交渉が再び動き始めた。

国内では前の首相が脱原発を宣言し、多くの原発が稼動を停止したままだ。自分が持て余している物騒なものを、人様に売りつけるとは如何なものか。

内と外では事情が違う。他国は原発を求めている。それに応えることは外交上も経済上も有益である。大体日本がやらねば欧米に取られるだけだ——という理屈であろう。

インドの外相と握手を交わす背広の男達は、小市民感情を押し殺し、大所高所から国益を追求するエリートである。明治の開国以来、彼らが日本の成長を導いてきた。

だがその背後に、巨大な利権が渦を巻く。国内市場を失った原発産業の、生き残りを賭けた必死の形相が覗く。愛国の精神と、銭への欲望が絡み合う。

原子力協定再開のニュースの横に、甲状腺検査に並ぶ福島の子供たちを並べてみると、一枚の諷刺画が浮かび上がる。そのグロテスクさに思わず顔を背けても、絵はなくならない。描いたのは私達自身なのだし、描かれているのは、私達の自画像なのだから。

＊

一輪の花があります
ありふれた小さな花です
ただそこに根を張って
黙って風に吹かれています

手は摘み取るばかり
造り出す術を知りません
私は人の世に生きる者
花の掟に無縁です

けれどこうして
静かに向かい合っていると
いつしか気づくのです

私が独り流した涙は
この花の夜露であったと
朝の最初の光の中に
花の色を滲ませたのは
私の浮かべた微笑だったと

(2011.11. 未発表)

TPP交渉

第三の開国だという。国を二分した激論だったという。だが身振り手振りの派手さの割には、議論の内実は見えてこない。曖昧模糊たる霧の彼方から、参加を表明する首相の姿だけが見えてきた。

すっきりしない話だが、案外歴史とはそういうものかもしれない。明治維新の際にも、鎖国派と開国派、それぞれの立場から声高に国家存亡の危機を説いたが、あれから幾星霜、侵略と敗戦、経済発展とバブル崩壊、少子高齢化等を経て、結局どっちが正しく、どっちが間違っていたのか。

中世の画家ブリューゲルの代表作に、遠くの海に失墜するイカロスに背を向けて、黙々と鍬を振るう農夫を描いたものがある。彼は目の前の畑を耕すことに精一杯で、神々の波乱万丈たる劇に気づきもしない。

この絵を人間の矮小さや愚昧さの寓意と解釈することもできようが、私にはこの農夫が羨ましい。彼には養うべき家族と、打ち込むべき仕事があった。

天下国家ではなく、自分自身の人生をまっとうすることによってのみ、人は歴史に参画できるのだと、その小さな背中は語りかけているように見えるのだ。

＊

こどもがふたり
お人形遊びをしています
小さな指の穂先から
送りこまれる二つの息吹き

お部屋の隅に
森は広がり月は昇って
お城の中の王子と妃
我を忘れて踊っています

「ごはんですよ」の一声で
忽ち消えてしまうのに
知らぬが仏の闇の間の夢
幼い心の操るままに

泣いて笑って汗滲ませて
光の中で生きています
貴方と私そっくりの
影法師　ふたつ

（2011.11. 未発表）

Part 3 家族の風景

団欒

父親は知らない
息子が森のはずれで
北米原住民の儀式のように
厳かにマルボロを吹かしているのを

息子は知らない
妹が洗面台の鏡の前で
蜘蛛に変えられた王女みたいに
もう一時間半も立ち尽くしていることを

妹は知らない
猫のサンチョが車に轢かれて
艶やかな桃色の腸が路上にはみ出したとき
痛みのほかになにを感じていたのか

猫は知らない
庭のトネリコの木が
烈しく葉を降りしきらせながら
屋根の向こうへ遠ざかる雲に託したものを

雲だけが
気づいている
母親の心身の奥底で

少しずつ育ってゆく白い鰐に
母親は知らない
むっつりした自分の顔が
夫の眼にどう映っているのか
夫がそこにどんな預言を読み取っているか

曽祖父の恋文とメンデルと塩鮭の名において
彼らは家族を構成する
骨と羽根の散らばる居間に集い
睦みと諍いで束の間の不死を結界する

復活した猫のサンチョが
爪を研ぎながらそれを見ている

父鉱石

父が石になった
朝、ふとんの上でごろりと
サッカーボールほどの大きさだがめちゃくちゃに重くて
家族総がかりでもびくとも動かなかった
石の表面は滑らかに黒光りしていて
よく見ると金属の粒々みたいなものが混じっていた

気丈な母は翌週から仕事を探しはじめたが
四十九日を迎える前の晩、風呂場で
マリアナ海溝になってしまった

そして今日フォークリフトが父を母に投げ込む

父の肖像

消防服を着た男たちが
だらしなく地べたに座りこんでいる

顔じゅう煤だらけで
なおも燻りつづける焼け跡に背中を向けて

男たちはなにを見ているのだろう
だれひとり口を利かない

女がよそってくれる温かい食事や
窓辺の貝殻から遠く離れて

彼らは寛いでみえる
まるで暗闇と疲労困憊と敗北こそが

本当の故郷だというように
右から三番目で膝の上にヘルメットを載せている

まばらな無精ひげを生やしたあの若者が
無言の裡にもう君を預言している

アブラハムの朝食

夜のあいだに君を殺した上の息子が
起きてきてお早うとほほえむ

流しの前で振り返ったまま
塩の柱と化した妻が「甘いパン買ってあるわよ」

「遅れるぞ」君は声を張り上げる
君の子種を孕もうと競いあう幼い姉妹に

額の傷跡を掻きながら
弟が勝手に兄貴の大事なセーターに首を通す

壁にかかった写真のなかから
両目を抉り取られた父親は無言で微笑み

亡き母は全裸で
「もっと！」と君に囁く

冷蔵庫の奥のタッパーウェアの底で
魚の血は冷えて溜まっている

窓の外には限りない水
嘴にオリーブの枝を咥えた鳥が空を舞う

うららかな早春の朝である
長男を連れて裏山の頂きまでドライブに行こう
4×4にいにしえの斧を積んで

父の思い出

雨の日を好むようになった
晴れ上がった空を見ると胸が掻き毟られる——
そんな吸血鬼みたいなことを口走って

思えばちょうどその頃から
トイレに座ってオシッコをし始めた
家族には黙ったまま　紙を使う音も聞こえた

ソファのカバーについた糸くずを
まるで聖骸布の繊維を拝む婆さんのように
見つめていた

カルシウムの層に覆われた電気ポットのなかで
沸騰したお湯のたてる音に合わせて
ピアニストのように指を動かしていた

恩寵という言葉と
非人情という言葉を同義語のように使って
結晶成長学会宛に手紙を書いた

「三歳の子供にだって
　晩年はある」
やけにはっきりと響いたあの午睡の寝言……

駅までの道沿いの
電信柱の（変哲もない）一本に横恋慕していた
母とは別々の部屋で寝ながら

あんなに怖がっていた蛾を
急に恐れなくなったばかりか誘蛾灯の下で
一緒に舞いさえした

人生の盛りで
マイレージの登録を拒んだ男
死の前日まで日記の字体を変え続けた

そして最後に　あるいは
それが一番大事なことかもしれないが
『ジーザスクライスト・スーパースター』を全編通してソラで
歌えた

無題

乾いた白い陶器の
かすかな丸みを帯びた表面を
皺のような線が何本か
縺れあいながら
走ってゆく

あれらの立ち去った地平のかなたに
父の無念が埋っているのだ

父からの贈り物

石が出来やすい体質らしい
三十代の半ばには脇腹を切ったし
先だっては衝撃波で体外から粉砕していた

現役時代の接待がらみの美食が祟って
糖尿持ちである
カロリー制限で痩せこけた腹の
干からびた皮にときどき注射針を突き刺している
だが焼酎は止められない

六十過ぎてから胃壁の細胞に異変をきたし
癌だと騒いだが潰瘍だった
簡単な手術をした
その代わりに前立腺癌を患って
こっちは切りあぐねたまま月に一度の放射線療法

若い頃から蓄膿気味で耳が遠かった
くわえて加齢性黄斑変性症による視野狭窄
もちろんとっくに総入歯だ
半世紀におよぶ喫煙で
痰が喉にからむ

背中にいくつかオデキがあって

なかで脂肪がかちかちに固まっている
頼まれるままに満身の力をこめて爪先で押し潰すが
死火山のごとくなにも出てこない

去年の冬は雪道で転んだ拍子に脊椎損傷

たまに会うと父はぼくに
ひとつひとつ病状の変化を詳しく伝える
食事の前と後のテーブルの上に
色とりどりの錠剤とカプセルを配して

まるでほかのだれよりも早く
天変地異の兆しに気づいた占い師のように
ほとんど得々として

死はたったひとつなのに
そこへ到る道のりのなんと入り組んだこと
ぼくは阿弥陀如来の笑みを浮かべて
見殺しにするばかりだが

残尿感は
すでに我が叢にたなびいて
血糖値は行きつ戻りつ
歌声は遠ざかり
夢は霞んで

父よ、ひとり息子の薄情を
嘆き給うことなかれ
ぼくはぼく自身の老いと孤独と死において
国破れたあなたの山河を引き継ぐ

バター女

限りなくなめらかな背中に
雪の結晶の紋様を浮き彫りにして
彼女は振り返る

汗ばんで
諦めのように鈍った
凹凸のエッジ

バター女との情事は
素早く済まさなければならない
妻子らの寝静まったあとの真っ暗な台所で
冷蔵庫の扉を開けたまま

星の見えない蒸し暑い夏の夜だ

もう溶けたっていい
溶けたっていいいようと囁きながら
彼女は自ら銀紙をめくって
かすかなケモノの臭いを放つのだった

彼は黒焦げのトーストだった
彼が動くと彼女は褐色の粉だらけになった
かと言って自分で自分を

こそぎ落とすだけの勇気はなかった

慌しい愛のあと
彼女は梅干の隣に横たわって
狂おしく降りしきる雪の原野を思った

彼は皿の縁から耳を出して
満月の下で揺れる
たわわな麦の穂の潮騒を聴いていた

突然で後戻りできない変化

1

駅前で栗饅頭を買って
携帯ナビ片手に路地を曲がって
父を看取ったという女に会いに行く

なにげにすれ違う人々が
手に牛刀を提げていたりするような界隈の
エレベーターのない公団アパート

女は思ったよりも歳を取っていて
自分で云ったことにいちいち頷き返す癖があり
思った通り母とは似ても似つかなかった

2

若い頃の父はまっすぐ横に泳いでいた
それが次第次第に傾いてきて
出奔したころにはほとんど垂直になったまま
縁起のいい茶柱にでもなったみたいに
ぷかぷか浮かんでいたが――

ぺたり、と貼りついたのだろうか

裾をからげて世間を渡っていたこの女の膝の裏に？

3

「あの人、これだけは一日も欠かさなかったわ」
女が艶然と微笑みながら
差し出すのは手書きの株式相場チャート
十五本の半紙の巻き物に　ローソク足と云ったか
縦の罫線が連なって十五年の歳月の浮き沈みを描きだしている

余白の書き込み（「雲の上限を突き抜ける」）は
紛れもない父の筆跡だ

浮き世から逃れて清貧のうちに漂泊するためにこそ
妻子を棄てたのではなかったのか……

狼藉された娘の振りほどかれた帯のような
巻き物を前に茫然としていると
どこからか猫がやってきて
女の膝の上に乗った

4

子供の頃父と「漂流ごっこ」を遊んだ
荒れ狂う畳の海に放り出され
絨毯の砂浜に打ち上げられて九死に一生を得る

兵児帯の毒蛇に巻きつかれたり
階段の瀑布から流されそうになった父を
ぼくは何度も救ったものだ

窓の外には
もう吹きつけていたのだろうか
〈憧れ〉のブリザードが

あの頃の（今のぼくよりも若い）父に会ったら
ぼくは最後の一粒まで眼を逸らさずに
空豆を食べてみせよう

5

女は「突然で
後戻りできない変化」を抱き上げる
死ぬ半年ほど前に父がどこかから拾って来て
そんな名前を付けたのだという

いつの間にか部屋には夕闇がたちこめていて　猫の
背を撫でる手のなまめかしい白さに
ぼくは息を呑む

6

最後に生きている父の姿を見たのは
トランジットで立ち降りたドバイの空港ラウンジだった
居並ぶターバンの向こう　大画面に映し出された
トウキョウの都心のテロ現場のさなかを
父は悠然と歩いていた

7

ネクタイを締めた男たちが　火傷や
ひどい外傷で血みどろになっている傍らを
ビジネスホテルの名前の入った浴衣の前をはだけて
鼻血ひとすじ垂らすでもなく

いつかぼくの眼も霞むだろう
縁側から庭へ降りるたびによろめいて
見栄を切る歌舞伎役者さながら
たたらを踏むだろう
そして八回裏で七点もの差がついた消化試合の
だれきったナイター中継の声に呼ばれて
卒然と歩き出すだろう

8

Like father, like son…

唄っているのは女？

それとも奥の部屋で灯籠のように
瞬いている白黒テレビ？

女の嫋やかな腕のなかで「突然で
後戻りのできない変化」が金色の眼を細めて
アクビした

かあちゃんの景色

かあちゃん
ついてこなくていいったら
おれもう四十越したんだからさ
いちおう課長代理とかやってんだから
おれひとりでいけるよ

ドアマットの下に隠れたり
エレベーターの天井に張り付いたり
子泣き爺みたいに
部長の背中から顔だけ出して
みんなにへこへこお辞儀するのやめてくれよ

女房とアレしてる最中の枕元で
ああだこうだ指図するのも遠慮してくれないかなあ
気が散ってできなくなっちゃうんだよ
それでなくてもストレス溜まってるんだから
おれたちいま微妙な時期だし

なあ、かあちゃん
ひとりで寂しい気持ちはわかるよ
でもせっかく苦労して立派に死んだんだからさ
もうヒトの心配はやめて
自分自身の死に打ち込んでみたらどうかな

あ、泣かないでくれよ
空の彼方に消えろっていってる訳じゃないんだよ
海とか山とか野原の隅っこだとか
孫の瞳の奥とかだったらいたっていいから
賑やかなのが好きなの知ってるって

おれ、風になって
かあちゃんを吹き抜けたい
星の降る砂漠の果てで
白い骨の耳をかき鳴らしていたい
そこでとうちゃんと男同士の話がしたいんだ

雨あがったよ
ほら、虹がかかってる
今だったらすうっと入っていけるよ
かあちゃんのおっぱいの間からおれが見ていた
あのかぎりない空のかなたへ

一人っ子の五行詩

母は輝くスタジアムです
父はどよめく六万五千の観衆と
走り回る選手たち
……
ぼくは夜空に蹴り上げられたボールです

＊

居間の革張りソファの玉座に座って
父が薄型大画面テレビから
神託を授かっている
祖父の形見のターンテーブルで回転しながら
母は物憂いタンゴを踊っています

＊

父の脳髄の曠野には
嵐の夜の牡牛のような怒りが
錆びた鎖で繋がれていて
それを宥めることが愛だと母は勘違いしている
マタドールならすぐここにいるのに

＊

桐箪笥の小舟に載せられ
ドライアイスの朝靄をかき分けて
母は入江にはいってきたのだそうです
求められるがままに与えつづけて生きてきた人
母はいま僕に初恋しています

＊

眼を覚ますたびに風景は違ってみえる
どんどん背が伸びているからよと母は言う
地平線の彼方に砂埃があがっている
ダカールのレースかしら、野牛の群れかしら
ううん、違うよ母さん、あれ、父さんたちの血煙だよ

＊

父は一級建築士　おまえの構造計算書を書いたの
俺だからな、耐震性なら心配ないぞ、そう言って笑うけど
ぼくの心身はぐらぐら揺れ続けています
ほら、足の指と指の間からぬかるみが噴き出してくる
もっと杭を打ち込んであなたの掟の

＊

父と知らずに酔っ払いをオヤジ狩りして
母と知らずに出会い系で熟女とチャットして
平成のオイディプスたちが帰ってゆく
河川敷に鳴り響く鉄橋は嘆き悲しむコロスたち
スフィンクスの謎なぞはスパコンとウィキに任せて

*

森の奥で鹿を射るたびに
ついにこの世に生まれることのなかった
哀れな姉のことを思い出します
彼女がいたらぼくは絶対詩なんか書いていなかった
ドモリと赤面に悩んだりすることも

*

父から授かった一人称のバットを手に掲げ
母のくれた二人称の駿馬に跨って
ぼくは旅立ってゆくのです
冷蔵庫の扉の向こう
空色の三人称へ

最後のメール

あんなにも家庭を愛した父でしたが
結局最後は
妻も子供も置き去りにしたまま
出奔してゆきました
七月の夜更けに見知らぬひとと手に手をとって
こんなメールだけを残して

「長いあいだ付き合ってくれてありがとう。
楽しかったです。思い出にはきりがないけれど、
身を棄ててこそ　浮かぶ瀬もあれ。
いつかまた会いましょう。
立春の頃の陽射しや
みんなの何気ない仕草のうちに。　さようなら、父より。
P.S. 物置にある臙脂色のボウリングバッグは
決して開けぬこと」

百年の眠り

そうして賑やかな食事が終ると
人々はひとりずつ握手をしたり写真を撮ったり
手を振ったりしながら帰っていって
最後にドアがしまると家のなかは急に静まりかえった

弟はひとりでコーフンして
「深い穴に落ちたあ」と大声で叫んで
畳の上に崩れ落ち、それから胸に手をあてて
「心臓マッサージ」と言いながら立ちあがるのを
何度もしつこく繰り返したが父さんも母さんも叱らなかった

タンスもテレビも天井の蛍光灯も運び出されて
がらんとした部屋に布団を並べて
枕元の懐中電灯を消すと　障子の外された窓の向こうに
星が見えた

*

「おやすみ……」

「おやすみ」「おやすみ」

「おやすみなさい」

「どうだった、マサヒロ」

「なにが？」

「なにがって、まあ、全部だ。生まれてから今日まで、全部」

「よかった」

「リョウ君は、どうだった」

「よかった……あのね、ぼくたちいつ起きるの」

「百年先よ」

「それずっと？」

「明日の明日の明日よりもずっと先よ」

「それでもここはあるの」

「ここはあるわよ」

「おじいちゃんやおばあちゃんもまだいるの」

「おじいちゃんたちは、どうかしらねえ、さあ、もう寝なさい」

「おやすみ」

「おやすみ」

…………

「おい、ガスの元栓止めたか」

「止めましたよ」

「戸締りは、全部したしな……よし、じゃ寝るぞ、いっぱい寝るぞ」

「おやすみ」

「おやすみ」「おやすみ」

「おやすみなさい」

あとがき

本書のパート1をなす「声の曲馬団」は二〇〇四年二月三日から同四月二十三日にかけて、朝日新聞のオンライン版である「アサヒ・コム」に毎週連載した作品を中心に、その後同じスタイルで書いた未発表の作品を加えたものである。当時の連載は、担当の戸田拓記者の発案で、一篇ごとに映像と朗読ファイルを用意し、さらに読者とのインターアクティブなやり取りまで公開するという凝った企画だった。まだ肌寒いミュンヘンの屋根裏部屋で、毎週書いたばかりの詩をマイクに向かって読みあげては、日本にメール送信したことを思い出す。

連載が終了すれば日々のニュースとともにたちまち忘却の彼方へ押し遣られたこれらの詩篇を拾い上げ、現代詩批評の対象として下さったのは、イタリア文学者の和田忠彦さんだ。その後和田さんとは北イタリアのトロント、チューリッヒ、そして東京でお会いすることになるのだが、そのたびにいつかはこのシリーズを詩集にして和田さんにお届けしたいと思ってきた。その願いが実現してとても嬉しい。

と思っていた矢先の今年四月、十一年ぶりに戸田拓さんと再会した。なんと処女小説のサイン会の会場でのことだった。不思議な縁を感じた。戸田さんは懐かしい笑顔を浮かべて、「あのサイト、まだアクセスできるように置いてありますよ」。私自身は十年前の自分に再会するのが怖い気がするけれど、ご興味のある方は検索してみてください。

パート2の「現代ニッポン詩（うた）日記」は、山陽新聞に二〇〇六年十月二十日から二〇一一年五月まで、足かけ五年にわたって毎月連載した。山陽新聞の本社のある岡山は、私が少年時代を過ごした街である。若死にした母（声の曲馬団「母に」参照）の親友だった山田花子さん（本名）に、二十数年ぶりで再会したことがきっかけで実現した連載だった。花子さんのご主人太郎さん（仮名、本名は茂昭さん）が山陽新聞社にお勤めだったのだ。当時私はミュンヘンで勤めていた日系の会社を退職した直後だったので、こういう形で日本との係わりを続けられることが有り難かった。連載を担当して下さった江見肇文化部部長（当時）と山田夫妻に、この場を借りてお礼申し上げます。

「家族」をテーマとしたパート3は、日本語では未発表の作品がほとんどだが、英語やセルビア語やガリシア語ではたびたび活字になったり、朗読したりしてきたものだ。冒頭に置いた「団欒」の英訳はFamily Roomで、これはオーストラリアのVagabond社から出版された英訳詩集のタイトルともなっている。

＊

これらの時事的な、あるいは社会性の強い作品を書いた後、私の関心は詩の背後にある人間の意識と言語の関係へと移って行ったのだが、最近になって再び〈詩〉に現実との苛烈な交渉を求める気持ちが戻って来た。それは漢詩の大きな特色として吉川幸次郎氏が挙げる「慷慨の志」、すなわち「社会的連帯を中心として、人類の運命に対する感覚」に溢れた詩への志向であり、またその吉川氏の論を敷衍して大岡信氏が菅原道真について述べた「喜びや悲しみ、怒りや苦しみの表現において、常に原因と結果を明示する書き方」、「社会に対して自己主張することをもって当然とする詩」への共感であるとも云える。そのような詩の在り方を、私はもっぱらダンテやゲーテ、W・H・オーデンと云った西欧の詩人や、その系譜に連なる戦後日本の「荒地」派の作品を通して学んで来たのだが、いまの私をそう云う詩に駆り立てているものは、最近の日本社会の現実そのものかもしれない。

教育現場やいじめの問題であれ、TPPや普天間基地などの経済や軍事の話であれ、五年前十年前に書いた詩のテーマは些かも色褪せていない。むしろより尖鋭的な課題として私たちの前に立ちはだかっている。その一方、3・11のあと一旦全面的に停止された原子力発電は徐々に稼働を再開しつつあり、いつの間にか憲法九条の解釈は変えられてしまった。折しも国会では平和と安全の名のもとに連日「戦争法案」が審議されている。そういうなかで、終戦七十周年となる八月十五日が近づきつつあって、時の首相は「歴史的な談話」の準備に余念がないと聞く。

詩は現実の前に無力であり、法律や政治の言葉と同じ土俵に立つべくもない。詩人はしょせん口舌の徒、汗の代わりに言の葉を散らすだけの存在だ。だがそんな呑気なことを言っていられるのも平和な世の中だからこそ、時代がキナ臭くなれば沈黙を余儀なくされるか、さもなくば血を流すほかなくなるだろう。人一倍意気地なしで日和見な私は、そうなれば真っ先に逃げ出すだろうから、手強い敵に向かって臭いオナラを連発する北米先住民の民話のコヨーテよろしく、今のうちに腹ふくるる「慷慨」を天下にヴェントしておこうと云う次第である。

本書の出版を快く引き受けて下さった澪標の松村信人氏と、詩集を小写真集にも仕上げて下さった装幀の森本良成氏（森本さんに装っていただくのは『瞬みの午後』に次いでこれが二度目だ）、そしてウェブや新聞紙面に載せた詩のたたずまいを単行本でも見事に再現して下さった本文デザインの山田聖士氏に、深く感謝致します。

二〇一五年六月一日　ミュンヘンにて

現代ニッポン詩（うた）日記

二〇一五年八月一日発行

著　者　四元康祐
発行者　松村信人
発行所　澪　標　みおつくし
大阪市中央区内平野町二‐三‐十一‐二〇三
ＴＥＬ　〇六‐六九四四‐〇八六九
ＦＡＸ　〇六‐六九四四‐〇六〇〇
振替　〇〇九七〇‐三‐七二五〇六
印刷製本　亜細亜印刷株式会社
ＤＴＰ　山響堂 pro.

中華料理